Württembergische Volksbücher

Sagen und Geschichten

1. Band

Württembergische Volksbücher

Sagen und Geschichten

1. Band

Württenbergischer Evangelischer Lehrer-Unterstützungs-Verein (Hg.)

ISBN: 978-3-86267-086-4

Auflage: 1
Erscheinungsjahr: 2011
Erscheinungsort: Bremen, Deutschland

Europäischer Literaturverlag GmbH, Fahrenheitstr. 1, 28359 Bremen. (www.elv-verlag.de)

Inhalt

Ursprung des Hauses Württemberg. 4
Vom treuen Grafen Johannes. 5
    Stuttgarter Sagen. 7
Der Blutturm im Nesenbachtal. 7
Die falsche Klinge. 8
Die Sünderhalde... 9
Das Silberglöcklein. 11
Der Weinkeller auf der Reinsburg.. 12
Der Postmichel von Gelingen... 15
Wunnensteiner und Hilde. 20
Die Glocke des Wunnensteins.. 29
Die feindlichen Brüder auf der Burg Lichtenberg........................ 31
Der Siebenrohrbrunnen 32
Der letzte Dynaste von Hirschhorn.. 33
    Zaubergäusagen... 37
Erzengel Michaels Feder.. 37
Der Einsiedler am Himmelreich. 39
Das Geisterschloss im Strombergwald. 40
Der Hirte von Eibensbach.. 42
Die hl. Regiswindis von Lauffen a. N. 44
Die Gründung des Klosters Maulbronn. 46
Die Teufelsmühle bei Loffenau. 48
Das Rockertweible. 49

Der Riese Erkinger von Liebenzell. ... 51
Graf Hubert von Calw. ... 52
Kaiser Konrad II. und das Müllerskind. ... 53
Krimhilde von Waldeck. ... 56
Sagen aus Nagold ... 59
Gräfin Imma und Gerolts Schatz. ... 59
Die Wunderblume. ... 59
Das verwunschene Fräulein. ... 60
Die Magd und der Graf. ... 60
Von der wüsten Urschel. ... 61
Der Werwolf in Thumlingen. ... 61
Sage vom Hutzenbacher See. ... 63
Die Rotmäntel in Baiersbronn. ... 66
Der weiße Falke. ... 70
Graf Ulrich und Wendegard. ... 73
Die Sage von den Welfen. ... 75
Von den sieben Schwaben. ... 78
Wie der Seehas den Nestelschwab trifft. ... 78
Was sich beim Gelbfüßler zugetragen. ... 79
Vom Knöpflesschwaben und was sich weiterhin zugetragen... 80
Vom Blitzschwaben und wie sie handelseins wurden. ... 81
Vom Spiegelschwaben und dem Algäuer ... 81
Wie die sieben Schwaben einen Bayern zwiebelten. ... 85
Wie die sieben Schwaben schwimmen ... 86
Wie die sieben Schwaben das Abenteuer bestehen. ... 90
Wie die sieben Schwaben ein Siegesmahl halten. ... 93
Zollernsagen. ... 95

Das Zauberross des Grafen Friedrich von Zollern. 95
Die Gründung des Klosters Stetten im Gnadental. 97
Das Bild im Kloster Stetten. 98
Die Sage vom Hirschgulden. 99
Die Jungfrauen von der Schalksburg. 101
Der Jäger von Hohenzollern. 103
Gründung der Wurmlinger Kapelle. 104
Das Bläsibad bei Tübingen. 105
Die Erbauung der Burg Achalm. 106
Der Urschelberg bei Pfullingen. 113
Das verwünschte Schloss. 114
Die Urschel und die Nachtfräulein. 115
Die misslungene Erlösung. 118
Die Erbauung des Schlosses Lichtenstein. 120
Der Mädchenfelsen bei Reutlingen. 121
Vom Hohenneuffen. 124
Der Bau des Reußensteins. 128
Der Ring der Herzogin. 130
Der Geiger von Gmünd. 132
Die zwei ungleichen Brüder von Rauber 136
Der Spion von Aalen. 139
Die Raubritter auf dem Rosenstein. 140
Das Strafgericht auf Schallenlauh bei Laichingen. 143
Der Edelmann von Lohr. 144
Der Marienbrunnen auf dem Burgberg bei Crailsheim. 148
Der wilde Rechenberger 149

Ursprung des Hauses Württemberg.

Vor nunmehr etwa tausend Jahren geschah es einmal, dass sich die Tochter eines Kaisers und ein Mann aus gewöhnlichem Bürgerstand ineinander verliebten. Sie hatten keinen sehnlicheren Wunsch, als fürs ganze Leben miteinander verbunden zu sein. Und doch wussten sie nur zu gut, dass es vollständig aussichtslos war, den strengen Vater um Erfüllung ihres Wunsches zu bitten. So entschlossen sie sich denn endlich, miteinander zu fliehen. So schwer es auch dem Mägdlein fiel, Vater und Mutter zu verlassen und durch ihre heimliche Flucht zu betrüben, so besiegte doch die Liebe zu ihrem Bräutigam alle Bedenken.

Weit wanderten die beiden durch das deutsche Land, bis sie endlich an den Neckar kamen. Im Neckartal fanden sie ein Plätzchen, wo sie zu bleiben beschlossen. Einen lieblicheren Ort hatten sie auf ihrer Wanderschaft kaum gesehen. Sanfte Abhänge begrenzten das ziemlich breite Tal, und auf der rechten Seite des Flusses streckte ein anmutiger Berg seinen Fuß weit ins Tal hinein. Am Fuß dieses Berges ließen sie sich nieder, kauften von den freundlichen Bewohnern der Gegend ein kleines Grundstück, bauten sich ein Haus und errichteten darin eine Wirtschaft zur Erquickung für die Reisenden, die ihr Weg durch das Neckartal führte. Mancher, der dort beim »Wirt am Berg« einkehrte, mag sich freilich gewundert haben über die feine Wirtin, welche so gar nicht recht in das einfache Häuslein zu passen schien. Nach mehreren Jahren nahm auch der deutsche Kaiser seinen Weg durch das Neckartal, um zu einem Reichstag nach Frankfurt zu ziehen. Auch er wollte sich beim »Wirt am Berg« durch Trunk und Imbiss laben. Seine Tochter erschrak nicht wenig, als sie ihren Vater gegen das Haus kommen sah, und wagte nicht, sich ihm zu zeigen. Der Kaiser aber fühlte sich in dem Stübchen so heimisch und so wohl, wie kaum einmal in einer fremden Herberge, und als ihm gar sein Lieblingsessen vorgesetzt wurde, da konnte er sich des Gedankens nicht mehr erwehren: »Ja, so war es, als sie noch bei mir war, die ich wohl in meinem Leben nicht mehr sehen werde, mein liebes Töchterlein.« Und er versank in tiefes Sinnen. In der Wirtin aber war das lange verhaltene Heimweh nach ihrem lieben Vater wieder gar mächtig geworden, und sie hätte es nicht zum zweiten Mal fertiggebracht, sich von ihrem Vater ohne Abschied zu trennen.

Sie beredete deshalb ihren Mann, dass sie sich dem Kaiser zu erkennen geben wollten. Mit ihrem kleinen Söhnchen warfen sie sich dem Kaiser zu Füßen und baten ihn um Gnade und Verzeihung. Hoch erfreut und gerührt umarmte der Vater seine Tochter. Er verzieh ihr und ihrem Mann und machte seinen Schwiegersohn zum Grafen. Zum Andenken an seinen seitherigen Stand sollte er aber den Namen »Wirt am Berg« beibehalten. Der neue Graf und seine Gemahlin hatten ihre jetzige Heimat lieb gewonnen und bauten sich nun auf dem Gipfel des Berges, an dessen Fuß ihr Häuslein gestanden war, eine Burg. Oft kam in der Folge der Kaiser auf Besuch zum Grafen »Wirt am Berg.« Auch ihm gefiel das schöne Land, das sich zu Füßen des Berges ausbreitete. Ob er wohl geahnt haben mag, dass einst die Nachkommen seiner Tochter die Herren dieses Landes werden sollten?

Nach K. Pfaff.

Vom treuen Grafen Johannes.

Am Hofe des Herzogs Friedrich von Schwaben lebte der junge Graf Johannes von Wirtenberg. Er war ein schöner und tapferer Jüngling und zeichnete sich ebenso durch seinen Edelsinn als durch seine Klugheit aus. Der Herzog hielt denn auch große Stücke auf ihn.

Nun hatte Herzog Friedrich einen Sohn, für welchen er gerne Maria, die Tochter des Markgrafen Rudolf von Baden, zur Frau gewonnen hätte. Er wusste zur Brautwerbung keinen geeigneteren Mann als den Grafen Johannes und schickte deshalb diesen nach Stuttgart, woselbst der Markgraf einen Stutengarten hatte.

Zu Ehren des Gastes veranstaltete der Markgraf Rudolf ein großes Fest mit Banketten, Turnieren und Lustbarkeiten aller Art. Graf Johannes erwies sich bei allen Kampfspielen als der gewandteste und stärkste der Ritter. Durch seine Freundlichkeit und Liebenswürdigkeit gewann er sich zudem alle Herzen. Am meisten zugetan war ihm der Markgraf selber. Er gewann Johannes so lieb, dass er gerne ihm seine Tochter zur Frau gegeben hatte. Er fragte ihn sogar, ob er nicht selber um die Jungfrau werben wolle. Wenn er das tun wolle, so solle sie sein werden; andernfalls werde er sie dem Sohn des Herzogs geben. Aber obwohl der junge Graf auch Wohlgefallen an Maria gefunden hatte, wollte er doch lieber den Auftrag seines Herrn treulich ausführen, als für sich einen Vorteil erlangen. »Im Dienste meines Herrn, des Herzogs von Schwaben, bin ich hierhergekommen,« antwortete er, »das eigene Herz schweige!«

Als nun Johannes nach seiner Rückkehr alles seinem Herzog getreu berichtete, sagte dieser: »Nun wohlan, mein Lieber und Getreuer, weil das Glück dir günstig ist, nimm es an! Weder ich noch mein Sohn wollen dir entgegen sein!«

Mit Freuden kehrte nun Johannes nach Stuttgart zurück und freite für sich um Maria. Schon nach kurzer Zeit wurde die Hochzeit gefeiert, und der Markgraf gab seiner Tochter Stuttgart zur Mitgift.

Nach Zimmermann.

Stuttgarter Sagen.

Der Blutturm im Nesenbachtal.

Zur Zeit des deutschen Königs Arnulf lebten auf der Biberburg am Neckar in der Nähe von Cannstatt zwei Brüder, Ericho und Werner. Ihr Charakter war sehr verschieden. Der ältere Ericho war ruhig und ernst, der jüngere Werner dagegen leichtsinnig, unbesonnen und schnell aufbrausend. Trotz dieser Verschiedenheit lebten die Brüder in großer Einmütigkeit beisammen. Ihr Hauptvergnügen war die Jagd. Besonders gerne jagten sie im Nesenbachtal, denn die Abhänge desselben bedeckten große Wälder, und das Wild kam oft herab ins Tal, um an dem Bach zu trinken oder in den Seen zu baden.

Als sie einst wieder dort jagten, wurden sie von einem Gewitter überrascht. So ungern sie es taten, denn sie hatten noch gar nichts erlegt, mussten sie sich doch nach einem Schutz vor dem Gewitter umsehen. Sie begaben sich daher in einen alten Turm, welcher noch aus der Römerzeit stammte und nah beim Egelsee stand. Als sie in der Nähe des Turmes waren, zerschmetterte ein Blitzstrahl eine gewaltige Eiche, und ein Reh, welches unter ihr Schutz gesucht hatte, sprang herbei und legte sich in seiner Angst zu Erichos Füßen. »Nun dürfen wir doch nicht ohne Beute heimkehren,« rief Werner und erhob seinen Jagdspeer. »Schone das arme Tier, das bei uns Schutz sucht!« rief ihm sein Bruder zu und beugte sich über das zitternde Reh. Aber schon hatte Werner den Speer geschleudert, und dieser fuhr in Erichos Schulter. Nach wenigen Minuten gab der tödlich Getroffene seinen Geist auf, nachdem er noch seinem Bruder vergeben und ihn ermahnt hatte, seiner Unbesonnenheit Meister zu werden.

Werner geriet in Verzweiflung. Nachdem sein Bruder im Erbbegräbnis ihrer Familie zu Mühlhausen am Neckar beigesetzt worden war, nahm er seine Wohnung in dem alten Turm, der nun der Blutturm hieß. An der Stelle, wo die unselige Tat geschehen war, ließ er ein hohes Steinkreuz errichten. Sechs Jahre lebte er hier in tiefster Einsamkeit, täglich gequält von Gewissensbissen, und konnte die Ruhe seiner Seele nicht finden. Endlich entschloss er sich auf den Rat eines alten Priesters, der sich zufällig zu ihm verirrt hatte, eine Pilgerfahrt ins heilige Land zu unternehmen. Ehe er ging, grub er in das Steinkreuz die Worte: »Den Brudermord sühnt nicht Reue und Buße.«

Erst nach 62 Jahren kehrte er wieder zurück. Er war in Palästina in die Gefangenschaft geraten, hatte bei verschiedenen Herren als Sklave gedient, war im Gefängnis gelegen und endlich bei einem Zug durch die Wüste ohnmächtig zusammengebrochen, und der Sklavenvogt hatte ihn als Futter für die Schakale liegen lassen. Ein alter, milder Araber hatte ihn gefunden und es ihm ermöglicht, in die Heimat zurückzukehren. Nun stand er als armer Greis wieder an der Stätte, an der sein Leben eine so ernste Wendung genommen hatte. Der Blutturm hatte inzwischen wieder einen Bewohner gefunden; denn an jener Stelle des Tales hatte Herzog Luitolf von Schwaben einen Stutengarten angelegt, und der Aufseher wohnte nun in dem Blutturm. Niemand wusste mehr etwas von der unglücklichen Tat, welche hier geschehen war. Denn die Inschrift an dem Kreuz war unleserlich geworden.

Noch einmal betete Werner an dem Steinkreuz. Einige Tage später fand man ihn tot am Grabe seines Bruders in der Kirche zu Mühlhausen liegen. Seine Züge waren friedlich. Er hatte seine Schuld hart gebüßt und konnte nun versöhnt zu seiner Ruhe eingehen.

Nach K. Pfaff.

Die falsche Klinge.

Im Jahr 953 verwüsteten die Scharen Kaiser Ottos des Großen Schwabens blühende Fluren; denn Ottos Sohn, Herzog Luitolf von Schwaben, hatte sich gegen seinen Kaiser und Herrn empört, und des Kaisers Heer zog nun herbei, um die mit Luitolf verbündeten schwäbischen Vasallen zu strafen. Überall im Neckartal sah man den

Feuerschein brennender Dörfer und Gehöfte. Da fühlte man sich auch in dem Stutengarten im stillen Nesenbachtal nicht mehr sicher. Um nicht die wertvollen Tiere den Feinden in die Hände fallen zu lassen, beschlossen der Aufseher und seine Knechte, sich mit den Pferden in einer tiefen Schlucht, die sich gegen das heutige Rohracker hin öffnet, zu verbergen. Ein Blockhaus wurde errichtet und der untere Ausgang der Schlucht durch einen Zaun verschlossen. Die Steilheit der Seitenwände machte eine weitere Einzäunung unnötig.

Eine bleierne Schwüle lag in der Luft, als die Knechte mit den Pferden in die Schlucht hinaufzogen. Kaum waren sie dort angekommen, als ein fürchterliches Gewitter ausbrach. In der engen Schlucht hallte der Donner doppelt schauerlich, und mehrmals schlug der Blitz in die umstehenden Bäume. Ungeheure Wassermassen entströmten den Gewitterwolken, und die Wasser ergossen sich von allen Seiten in die Schlucht hinein, große Steine mit sich wälzend. Die Pferde rissen sich los und rannten wild umher. Es entstand eine ungeheure Verwirrung. Nur einige der kräftigsten Knechte konnten sich retten; die andern fanden samt den Pferden ihren Tod in der Schlucht.

»Falsche Klinge« heißt seitdem diese Schlucht, in der die Knechte Schutz vor Menschen gesucht und dafür den Tod durch Naturkraft gefunden haben.

Nach K. Pfaff.

Die Sünderhalde.

Am heiligen Servaztage 1339 vergnügten sich Hans Bernhard Rugger, Rudolf von Weißenburg und einige andere im Adelberger Freihof zu Stuttgart mit Ballschlagen. Bernhard Rugger strengte sich besonders an, den Ball gut zu treffen; denn am Eingangstor stand die schöne Hilde Loselin und schaute mit ihrer Freundin dem Schlagen zu. Leider traf er aber gerade heute weit daneben, während sein Freund immer sehr gut schlug. Diesem »lustpatscheten« die Fräulein, während sie den Rugger auslachten, zumal er erst kürzlich der Loselin seine Geschicklichkeit im Ballspiel auf einem Spaziergang im Lustgarten gerühmt hatte. Da er schon lange eifersüchtig auf Rudolf von Weißenburg war, weil er merkte, dass die Hilde Loselin diesem mehr zugetan war als ihm, so geriet er jetzt in höchste Wut, warf Ball und Schläger in die Ecke und ging hinüber in die Wirtschaft zur Ilge, um seinen Unmut im Wein zu ertränken. Aber seine Wut wurde nur größer, denn er sah durchs Fenster, wie sein Nebenbuhler die Fräulein nach Hause begleitete und wie sie Abschied nahmen unter schallendem Gelächter, welches er auf sich bezog. Unglücklicherweise kam der Glückliche auch herein in die Ilge und trank neben dem Erzürnten seinen Wein. Er redete ihm zu, er solle doch kein »Wenzel« und wegen dieser Geschichte nicht so zornig sein, versuchte auch, mit ihm anzustoßen. Rugger aber wollte nichts wissen, sondern stürzte seinen Wein hinunter und stellte sich draußen auf. Als Rudolf sorglos pfeifend herauskam, stieß ihm Rugger seinen Degen in die Brust, dass er rücklings niederfiel. Flugs eilte der Mörder davon; aber der Getroffene rief ihm nach: »Rugger, das ist ein Bubenstück und wird dir schwer vergolten werden, wie du es verdienst!«

Der Mörder wurde sogleich ergriffen, und es wurde ihm vom Adelsgericht zu Wien das Todesurteil gesprochen. Als ihm das Urteil verlesen wurde, sagte er nichts darüber, sondern bat nur darum, ihn die Stätte wählen zu lassen, wo er büßen sollte, was ihm auch gewährt wurde. Hierauf sagte er: »Meine Ahnen besaßen bis auf mich, den Letzten meines Geschlechts, den Gabelberg längs des Dobels als gültfreies Eigentum, dort will ich sterben, da wo mein Vater die ersten Reben pflanzte, und diese Halde soll geheißen sein »der Sünder« für ewige Zeiten. Auch soll die Weinberghalde zinsen der Stadt zwölf Pfund Heller, dafür soll sie aber wieder verpflichtet sein, jedem armen Sünder auf seinem Endgange eine Zweimaßkanne voll guten Weins nachtragen zu lassen und davon zu trinken zu geben, soviel er mag. Also soll es schon bei mir gehalten werden.«

Rüstig schritt Rugger hinaus, seinem Todesplatze entgegen. Bei dem untern Heusteigweg blieb er stehen und verlangte Wein und trank zwei Schoppen, dann wallte er weiter, die Eßlinger Steige hinauf bis dahin, wo der Weg erstmals rechts gegen die Heide des Gabelberges zieht, dort trank er nochmals und an seinem Weingarten zum dritten Mal. Dann setzte er sich frei auf ein niedriges Mäuerlein, nicht fern vom Graswege, wo man die Stadt überschauen kann, zog sein Brusthabit aus, nahm lauten Abschied von dem Ort seiner Jugend, reckte dann den bloßen Hals weit vorwärts und empfing furchtlos den Todesstreich, obgleich er erst 22 Jahre, 2 Monate und 7 Tage alt war. Sein Kopf fiel ihm in den Schoß und sein Körper blieb sitzen, bis man ihn nahm und nahebei begrub. Die Weingarthalde hat noch heute den, Namen »Sünder«, und eine Steintafel mit lateinischer Inschrift zeigt jetzt noch die Richtstattmauer an.

Nach Munder.

Das Silberglöcklein.

Am Morgen des Palmsonntags im Jahr 1347 war die Burgherrin auf Weißenburg verschwunden und trotz aller Nachforschungen konnte man nie mehr eine Spur von ihr entdecken. Darob klagte und weinte der Burgherrin Töchterlein gar sehr. Sie nahm all ihr Silbergeschmeide und schickte es zum Glockengießer, damit er ein Glöcklein daraus gieße. Als es gegossen war, da ließ sie es auf den höchsten Turm ihrer Burg hangen und läutete es eigenhändig um neun und zwölf Uhr nachts als Zeichen, dass ihr ruheloses Herz nach der Mutter sich sehne. In ihrem Testament setzte sie 200 Mark Silber aus, damit aus den Zinsen dieses Kapitals derjenige bezahlt werde, der das Glöcklein nach ihrem Tod läute.

Auch ordnete sie an, dass das Glöcklein, wenn einmal ihre Burg zerfallen sein werde, aus dem Turm der Heiligkreuzkirche zu Stuttgart aufgehängt und ebenfalls um neun und zwölf Uhr nachts geläutet werden solle.

Im Jahr 1598 verirrte die Prinzessin Sibylla Elisabethe, Tochter des Herzogs Friedrich I., im Wald, als sie von Denkendorf heimkehrte.

Bis um Mitternacht irrte sie umher; denn sie hatte vollständig die Richtung verloren.

Da hörte sie das Silberglöcklein läuten.

Nun wusste sie wieder, wo Stuttgart lag und fand auch bald den rechten Pfad in die Heimat.

Am andern Tag stieg die Prinzessin auf den Turm hinauf, küsste das Glöcklein und schrieb mit einer Nadel auf dessen Rand:

»Du Stimme aus der dunklen Nacht,
Die mich auf rechten Pfad gebracht,
Als ich fern drüben in dem Wald
In Angst und Irr' umhergewallt!
Dank sei der, die dich hier gestift't!
O, dass dein Ton auch Sünder trifft,
Die, ferne von der rechten Bahn,
Zur Reue kehrn durch dein Gemahn.«

Heute noch ertönt dieses Glöcklein um neun und zwölf Uhr des Nachts vom Stiftskirchenturm herab.

Nach Munder.

Der Weinkeller auf der Reinsburg.

Wenn man von dem Hasenberg gen Stuttgart herabsteigt, so erhebt sich rechts am Fuße desselben ein Kegelberg, so wohlgeformt, als ob er von Ameisen hingetragen worden wäre.

Auf ihm stand früher die »Reinsburg«, daher der Berg auch noch den Namen »Reinsburg« trägt.

Die Feste wurde zu gleicher Zeit wie die andern sechs Burgen um Stuttgart, nämlich 1287, durch Kaiser Rudolf von Habsburg zerstört.

Die Herren von Reinsburg waren der Sage nach niemals Raubgesellen, sondern fröhliche Schenken, bei denen besonders die

Klosterherren gerne einsprachen, welchen zu Ehren ein Fass im Schlosskeller »Mönchbauch« genannt wurde.

Wie man dieses Fass lange nach der Zerstörung der Burg wieder gefunden hat, erzählt folgende Geschichte:

Im Jahr 1479 ging der Mönch Peter Hangleiter bei heißem Tage hinaus zum Seeltor und am Geißrain hinauf nach der Reinsburg, legte sich an ein schattig Mäuerlein und schlief ein.

Als er erwachte, hatte er ein steif Genick, obwohl kein Lüftlein von dornen noch von hinten ihn angeweht hatte. Wenige Tage darauf suchte er den gleichen Ruheplatz wieder, lehnte sich aber nicht mehr an die Steine, sondern legte sich eben auf die Erde; da war's ihm, als blase ihm jemand mit kühler Luft an den Backen, auf welchem er lag. Er legte sich etwas beiseite und alsbald war das Blasen nicht mehr zu fühlen: sobald er aber wieder vorwärts rückte, fühlte er die kühle Luft wieder. Hierauf forschte er mit der Hand und entdeckte unter dem Moose einen kleinen Erdspalt, aus welchem herauf der Wind zu kommen schien; einige Erde, welche er in die Ritze warf, machte dem Spiel ein Ende und der Mönch ging seiner Wege.

Eben war der erste kleine Schnee gefallen, als der Mönch abermals seinem Lieblingsplatz, der Reinsburghöhe, zuwanderte. Da sah er an dem Ort, wo er letzten Sommer gelegen, einen runden Platz schneefrei. Er trat hinzu, suchte nach der Ursache und fand, dass ein lauer Wind aus dem Boden strömte, der ihn auf die Vermutung brachte, es möchte unter ihm ein warmer Keller sich befinden. Er ging heim und sagte sein Vermuten dem Abte des Lorcher Klosters, der zu Stuttgart damals auf der Lorcher Kelter wohnte. Dieser gebot dem Mönche Stillschweigen und untersuchte die Sache selber. Nachdem er sich von der Richtigkeit der Aussage des Mönchs überzeugt hatte, erbat er sich von dem Stadtmagistrate die Erlaubnis, Steine und was er sonst finde, das ihm genehm wäre, als sein Eigentum von der Reinsburg holen zu dürfen, wofür er 20 Pfund Heller bot. Die Erlaubnis erhielt er ohne Beding. Alsbald zog der Abt hinaus mit Taglöhnern und leitete das Ganze vorsichtig ein. Schon am dritten Tage darauf entdeckte man eine wohlerhaltene Treppe, welche 17 Stufen tief zu einem geräumigen Keller führte, durch welchen man in ein zweites Gewölbe kam. Im ersten Raum standen noch Schüsseln und Körbe mit Küchenbedürfnissen umher, unter welchen 93 Hühnereier und eine halbe Metze Haselnüsse waren. Von den Eiern war keines zerbrochen, wohl aber waren sie steinhart eingetrocknet. Die Nüsse hatten jede ein Löchlein und waren ohne Kern. Ein Stippich runder Bohnen und ein Krummich Salz, das aber ein Steinklotz war, wurden ebenfalls hier gefunden. Im zweiten Gewölbe war es feucht und die Luft ungesund. Ein hoher Berg feiner Erde, welche durch eine Ritze herabgerieselt war, hinderte den Eingang. Nach Wegräumen des Hügels erhoben sich acht Weinfässer, von welchem das kleinste ein Fuder, das größte aber vier Fuder hielt. Das erste Fass zerfiel hälftig in Staub, als es berührt wurde. Unter dem abgefallenen Holze aber hatte sich ein Weinsteinfass gewölbt, das glänzend anzuschauen war. Wein war keiner darin. Auf dem Boden lag eine speckige Masse, welche nicht übel roch, aber jeden Weingeschmack verloren hatte. Ebenso war es bei den zwei nächstliegenden Fässern. Die vier weiteren waren in ganz gutem und noch brauchbarem Zustand. Das Fass, welches in der Mitte lag, war das größte. Der Hahnen ließ keine Flüssigkeit ab, und doch zeugte der Ton des Fasses davon, dass es nicht leer wäre. Man bohrte es in der Mitte an, und siehe! es sprang ein kühler, frischer Wein heraus, der an Güte alle dermaligen Weine weit übertraf, obwohl im Jahr 1478 ein gar »fürtrefflich« und »anno 79« auch gerade kein »Burrlegickergewächs« wuchs. Die Finder ließen sich den Wein gleich so gut schmecken, dass der erste Bote, durch welchen der Abt die Ratsherren von dem Fund benachrichtigen wollte, sobald er an die Luft kam, nicht weiter konnte und sich hinlegen musste; der zweite Bote aber, Eberhard Kurtz benannt, fiel über eine Mauer und brach das linke Bein. Erst durch den dritten Boten kam die Nachricht dem Herrn Bürgermeister Nüttel zu, der es aber sehr übel nehmen wollte, dass man ihm einen »Benebelten« sende. Als er aber mit den Ratsherren hinauskam und selbst von dem Labetrunk genoss, da war er nicht mehr unmutig und befahl, den Wein für den Rat zu fassen. Dagegen wehrte sich aber der Abt und sprach: »Ich habe gekauft um 20 Pfund Heller alles, was mir genehm wäre und was ich finde. Nun habe ich Wein und Fässer gefunden, und beides ist mir genehm. Wenn Euch die Eier und Nussschalen nützen, so mögen sie Euch werden«. Dieser Spott machte Herrn Nüttel und den Herrn Amtsschreiber Camerer gar bös, sodass sie den Abt umfassten und zur Ergötzlichkeit der andern in die Eierwanne warfen. Der Streit aber wurde endlich also geschlichtet, dass der Wein dem Rat zu Stuttgart, die Fässer aber dem Abte gehören sollen, der Weinstein dagegen müsse in die Stadtapotheke abgegeben werden. Als man die Fässer herausschaffte, sah man, dass jedes einen andern Namen hatte. Das eine hieß »Spinn«, das andere »Hilfherr«, das dritte »Katz«, das vierte »Allfried«, das fünfte »Beichtbuch«, das sechste »Bocksbeutel«, das siebente »Elfried«, das achte, worin der gute Wein war, »Mönchbauch«. An dem Boden war ein Doppelkreuz, welches Teufel umtanzten, eingeritzt. An dem Querholz war ebenfalls eingeschnitten ein Arm, der einen Becher hielt und daneben die Worte:

»Mönchbauch nennt man mich allweg,
Doch mein' Seel' ist nicht so träg.
Brummig, lustig, trüb, hell, rein,
Muss zu aller Laun ich sein.
Drum hat mich mit gut Bedacht
Veit Köbel von Stadt Nürting g'macht.«

Dieser »Mönchbauch« kam in den Keller der Lorcher Kelter. Bei einer Bauveränderung aber im Jahre 1602 fiel ein großer Stein auf das Fass und schlug es dermaßen zusammen, dass es nicht mehr renoviert werden konnte. Die Böden wurden zu Büttendeckeln verwendet, das Querholz mit dem Reim kam 1726 durch Eintausch nach dem großen Keller unter dem Schlossbogen, wo es wahrscheinlich noch zu finden sein wird.

Nach Munder.

Der Postmichel von Gelingen.

An der früheren Eßlinger Steige bei Stuttgart, der jetzigen Wagenburgstraße, da, wo der hintere Weg zur Uhlandshöhe abzweigt, sieht man in eine Mauer eingefügt ein altes, halb verwittertes Steinkreuz. An den Seitenarmen sieht man einige Buchstaben; aber Wörter bringt man nicht mehr zusammen. Am unteren Teil scheint früher ein Wappen eingemeißelt gewesen zu sein.

Folgende Geschichte knüpft sich an dieses Kreuz. An einem Herbstmorgen des Jahres 1491 fand man an der oben bezeichneten Stelle der Eßlinger Steige den Herrn Amandus Marchtaler aus Eßlingen ermordet auf dem Weg liegen. Trotz aller Nachforschungen konnte man lange nicht herausbringen, wer der Mörder gewesen sein mochte. Der Ermordete war unverheiratet gewesen. Ein Neffe, welchen er erzogen hatte, war sein einziger Verwandter. Dieser erbte auch sein ganzes ziemlich bedeutendes Vermögen. Nach einigen Jahren, als beinahe Gras über die Geschichte gewachsen war, fand eines Tages Michael Banhard, welcher als Botenreiter jeden Tag Briefschaften und Pakete zwischen Eßlingen und Stuttgart beförderte, an der Eßlinger Steige halb im Staube versteckt einen prächtigen Fingerring. Er hob ihn auf, um ihn auf dem Amt abzugeben. Einstweilen aber steckte er ihn an seinen Finger, und weil er ihm gar so gut gefiel, so behielt er ihn auch an, als er nach Eßlingen kam und sich in der Botenherberge zu den andern Knechten setzte, um seinen Wein zu trinken. Hier fiel aber der prächtige Fingerring an Michels Hand auf. Er wurde als derjenige erkannt, welchen der ermordete Marchthaler zu seinen Lebzeiten getragen und den man nach seinem Tod nicht mehr bei ihm gefunden hatte. Sogleich wurde Michel in den Turm gebracht, und obwohl er immer ein ehrlicher Geselle gewesen war und auch feierlich versicherte, dass er diesen Ring erst vor Kurzem auf der Eßlinger Steige gefunden habe, so wollte ihm der Richter doch nicht glauben, sondern wollte durchaus ein Geständnis von ihm erpressen.

Schrecklich waren die Qualen, die Michel in der Folterkammer auszustehen hatte. Zuerst wurde er in einen runden hölzernen Kasten gesteckt, der so eng war, dass er darin nur stehen konnte. Dabei wurden ihm schwere Gewichte angehängt, welche er stehend tragen musste. Keinen Augenblick durfte er ausruhen. Als die große Last ihm Schweiß auspresste und er zu trinken verlangte, da wurde ihm ein scharfes Getränke gereicht, das seinen Durst noch vermehrte. Nach sechsstündiger Qual verging ihm das Bewusstsein. Er wurde herausgelassen: aber kaum hatte er sich wieder ein wenig erholt, so ging dieselbe Qual von neuem an. Dann wurden ihm die Daumen- und Zehenschrauben angelegt. Durch diese wurde ein scharfer eiserner Dorn unter den Fingernägeln bis zu ihren Wurzeln vorgetrieben, und zugleich drückten die Schrauben die Vorderglieder der Finger und Zehen, dass das Blut herausspritzte. Hierauf tat man ihm die Pilgerschuhe an, das heißt Holzsohlen, welche mit durchgeschlagenen Eisenspitzen versehen waren, auf welchen der Unglückliche barfuß stehend alle Stunden 60–80 Schritt machen musste. Als er auch jetzt noch nicht gestehen wollte, wurde er in das Walzwerk gebracht. Das war ein Tisch, auf welchen der zu Folternde gebunden wurde. Dann wurde an vier Kurbeln gedreht, wodurch die Arme und Füße langsam aus ihren Schüsseln herausgewunden wurden. Jetzt wurden ihm die Augenlider gewaltsam aufgesperrt, sodass er keinen Schlaf finden konnte. Nachdem er zwei Tage diese Qual erduldet hatte, bekannte er sich als Mörder, widerrief aber, nachdem er eine Nacht geschlafen hatte. Nun ließ man ihm brennende Pechtropfen auf den bloßen Leib fallen. Bei Anwendung dieser Qual gab es in ganz Eßlingen kein Winkelchen, da man Michel nicht hätte schreien hören. Der so jammervoll Gepeinigte rief nun endlich aus: »Halset mich doch ab! Ich bin der Mörder, lasst mich sterben, lasst mich sterben, heute noch!«

So sollte er denn auf dem Richtplatz, welcher Obereßlingen zu gelegen war, vom Stuttgarter Scharfrichter vom Leben zum Tode gebracht werden. Als letzte Gnade bat er sich aus, dass er auf dem Weg zum Richtplatz auf seinem Schimmel reiten und sein Horn mitnehmen dürfe, was ihm auch gewährt wurde. Als er an dem Hause des jungen Marchthaler vorbeikam, schaute dieser gerade mit seinem Liebchen zum Fenster heraus. Er, dem das Gut seines Oheims zugefallen war, hatte kein Wort der Fürsprache für den armen Michel eingelegt. Als Michel ihn sah, rief er zu ihm hinauf: »Junger Herr, ich muss unrechterweise für Euer geerbtes Blutgut das Leben lassen. Es möge Euch all Euer Tun so sauer werden wie mir meine jetzige Endwallfahrt, weil Ihr kein mild Wort geredet habt für mich, den armen Lohnknecht.« Hierauf blies er noch ein Stück auf seinem Horn.

Auf dem Richtplatz angekommen, sprach er, ehe er den Todesstreich empfing, zu dem Scharfrichter: »Alljährlich einmal in der Michaelsnacht will ich zu Stuttgart blasen vor deinem Haus, bis der erkundet ist, für den ich leide.« Noch einmal setzte er das Horn an die Lippen, da fiel sein Kopf unter des Scharfrichters Schwert. In demselben Augenblick hörte man auf der Straße gen Stuttgart einen Reiter traben und auf dem Horn blasen. Alle Zuschauer ergriff ein Schauer, und jedermann erkannte deutlich, dass Michel Banhard unschuldig hatte leiden und sterben müssen. Wer war nun der wirkliche Mörder? Niemand anders als der Neffe und Pflegesohn des Ermordeten, der junge Marchthaler. Vom Geiz getrieben und von einem schlechten Frauenzimmer dazu ermuntert, hatte er die unselige Tat vollbracht. Niemand ahnte es, und er lebte in Ansehen und unangefochten in Eßlingen. Als aber die St. Michaelsnacht kam, da erscholl auf einmal in seinem Hof das lange nicht gehörte, aber wohlbekannte Horn des Postmichels. Entsetzt sprang Marchthaler aus dem Bette, desgleichen viele seiner Nachbarn, und als sie aus dem Fenster schauten, sahen sie auf einem Schimmel einen Reiter, der den Kopf unter dem Arme trug und auf seinem Horn blies, vom Haus wegreiten. Um dieselbe Stunde ertönte das Horn auch vor dem Hause des Scharfrichters zu Stuttgart. Auch er sah den Mann mit dem Kopf unter dem Arm aus seinem Hof reiten und in den Gärten an der Heusteig verschwinden. Am andern Morgen aber verließ der, dem der Besuch in Eßlingen gegolten hatte, vom bösen Gewissen getrieben, seine Heimat und zog ferne über Land. Aber mochte er noch so weit ziehen, mochte er sich in das Gewühl volkreicher Städte stürzen oder mochte er die tiefste Einsamkeit aufsuchen – nirgends fand er Ruhe, und alljährlich in der Michaelsnacht kam der angeritten, der unschuldig für ihn gestorben war. Um das Grässliche nicht mehr sehen zu müssen, suchte er den Tod in der Schlacht. Aber ob auch Hunderte neben ihm fielen, ihm geschah kein Leid. Er ging zu den Pestkranken und blieb gesund. Er gab sich für einen Mörder aus, man glaubte ihm nicht. Er legte selbst Hand an sein Leben und konnte es nicht zerstören, weder im Feuer noch im Wasser, weder mit dem Messer noch mit dem Strick. So zog er 70 Jahre lang umher.

Endlich lenkte er seine Schritte wieder in seine Vaterstadt. Dort kannte ihn niemand mehr, und nur noch wenige Leute lebten, die seinerzeit den Postmichel hatten hinrichten sehen. Sein Leib war schrecklich anzusehen wie der eines Gefolterten, und in Eßlingen hielt ihn jedermann für kindisch, denn niemand ahnte, dass sein eigentümliches Benehmen eine Folge der auf ihm lastenden Blutschuld sei. Noch einmal musste er die schreckliche Michaelsnacht erleben. Am andern Morgen fand man ihn, in Krämpfen sich auf dem Boden windend. Nach einigen Stunden legte sich sein Krampf, und er rief zu wiederholtenmalen: »Ach, sterben wollen und nicht können ist mehr denn eine Hölle!« So lag er zehn Tage in Todesnot. Seine Gliedmaßen waren eisig und starr, und doch konnte er nicht sterben. Da trat ein alter frommer Herr vor das Bett und betete:

Treuer Gott, ich muss Dir klagen
Dieses Pilgrims Jammerstand;
Weiß zwar wohl, dass seine Plagen
Dir, Allnaher, schon bekannt.

    Aber sieh, ich flehe bitter:
Wollst Du ziehn Ian aus dem Gitter
Dieser morschen Lehmenhütt'
Drangsalsseel' in Deine Mitt'.

    Hat das Herze auch verschuldet
Meineid, Totschlag, Missetat,
Hat ja Jesus Christ erduldet
Auch für ihn nach Deinem Rat!
Mein's Gebetes Senfkorn sprieße
Auf zu Dir, Herr Gott, und schließe
Zoars Gnadenpförtleintür
Innauf diesem Sünder hier!

    Hast liebväterlich verheißen:
»Wer da bittet, der empfängt.«
Gib nun nach Elias Weisen,
Wonach jetzt mein Flehruf ringt:
Blas die flacken Lebensflammen
Über'm müden Beinhaus z'sammen,

Und lass des Verlanden Pein
Endelich und selig sein.

Auf dies hin ermannte sich Marchthaler noch einmal und erzählte dann dem Herrn, wer er sei und was er in seinem Leben Böses getan, aber auch wie schwer er dafür gebüßt habe. Und als er nun durch diese Beichte sein Gewissen erleichtert hatte, da durfte er endlich sanft entschlafen. Man fand ein Testament bei ihm, in welchem er aus dem Vermögen, das während seiner langen Wanderzeit in Eßlingen für ihn verwaltet worden war, verschiedene wohltätige Stiftungen machte, u. a. die, dass jedem armen Wanderer in Stuttgart acht Pfennige gegeben werden sollten. An der Stelle des Mordes sollte ein Steinkreuz errichtet werden mit der Inschrift:

Wanderer, steh still!
Merk, dass um Heilands Will',
Zu Stuttgarten im nahen Tal,
Acht Pfennig werd' Dir an der Zahl.

Nach Munder.

Wunnensteiner und Hilde.

Zu der Zeit, als es mit den Hohenstaufen abwärtsging, lebte in der heutigen Rheinpfalz ein Edelherr von viel Land und Leuten. Ein liebliches Töchterlein war sein einziges Kind. Das allzeit freundliche und gar verständige Mägdlein, *Brunhilde* geheißen, war dem Vater in allen Stücken gehorsam und leitete anstelle der früh verstorbenen Mutter den Haushalt mit viel Geschick. Der Vater belohnte ihre kindliche Hingabe und Treue mit inniger Liebe, und als sie das Alter zu einer Versorgung erlangt hatte, war es ihm eine Herzensangelegenheit, ihr eine recht glückliche Zukunft zu sichern.

Nun kam gerade damals der junge Ritter von Wunnenstein, *Wolfelin* (Wölflein) hieß er,[1] oft auf die Burg des »Pfalzgrafen« ge-

---

[1] Wolfelin ist der erste geschichtlich beglaubigte Wunnensteiner, ein treuer Anhänger des Kaisers Konrad IV, aber auch bereits ein Gegner der Wirtemberger (wir

ritten, wie der Volksmund den Edelherrn kurz bezeichnete; denn seit Mannsgedenken bestanden zwischen beiden Familien die freundschaftlichsten Beziehungen. Dem Jüngling gefiel die schmucke Hilde wohl, und da sie seine Liebe in Ehren erwiderte, so hielt er beim Vater um ihre Hand an. Aber dieser sagte weder ja noch nein, sondern vertröstete ihn auf später. Wolfelin ritt also wieder heim auf seine Burg und wartete hier geduldig und in gutem Glauben, später seinen Antrag erfolgreicher zu wiederholen. Diese Hoffnung erwies sich aber bald als eine eitle. Denn in der Zwischenzeit erschien ein steinreicher, aber rauher und geiziger Ritter aus dem Neckargau auf der Burg des Pfalzgrafen und lernte das holde Edelfräulein kennen. Er war nur wenig Jahre jünger als der Pfalzgraf, hatte aber eine angesehene und mächtige Verwandtschaft, und so beredete der Vater in der besten Absicht seine Tochter, dem Ritter Gehör zu geben und ihr Herz ihm zu schenken. In kindlicher Liebe gehorchte sie, und bald fand die Hochzeit statt, nach welcher sie vom Vater Abschied nahm und mit ihrem Gemahl auf die ferne Neckarburg zog.

Die junge Frau hatte den redlichen Willen, nach und nach eine gewisse Neigung zu dem angetrauten Manne zu bekommen. Aber dieser machte es ihr durch sein mürrisches Wesen gar schwer, ihm mit dem Herzen näher zu kommen; ihre treu beflissene Mühe war vergebens. Endlich wurde er gar eifersüchtig, da ihnen der Kindersegen für die ersten Jahre ihres Ehelebens versagt blieb. In diesen bangen Jahren starb ihr Vater, der Pfalzgraf.

Erst im siebenten Jahr ihrer Ehe gebar sie ein Kind, ein bildschönes Mägdelein, der Mutter ähnlich. In seiner eifersüchtigen Raserei verstieß nun gar der Ritter Mutter und Kind. Ein alter treuer Diener ihres Vaters, der zu ihr gezogen war, wollte freiwillig die Verbannung mit ihr teilen; aber der Wüterich ließ ihn in Fesseln schlagen und in das tiefste Gewölbe seines Schlosses werfen. Hier harrte er monatelang seiner Befreiung entgegen, bis sein Herr, von Gewissenspein geängstigt, ihn endlich wieder los ließ. Der alte Mann

---

finden ihn schon 1251 in der Kriegsgefangenschaft des Grafen Ulrich I); sein Sohn war Diether von Wunnenstein, der uns in dieser Sage gleichfalls begegnet. Eine Verwechslung mit dem »gleißenden Wolf«, dem letzten seines Geschlechts, welcher 1413 starb, ist ausgeschlossen.

ließ es sich nun nicht nehmen auszuziehen, um nach seiner unglücklichen Herrin und ihrem Kinde zu forschen. Aber all sein Mühen blieb ohne Erfolg. Er suchte sich deshalb in der Wildnis ein Plätzlein, um darauf eine Hütte zu bauen und als Einsiedler seine Tage zu beschließen. Denn nach dem vielen Bösen, das er erlebt hatte, war ihm das weltliche Leben und Treiben entleidet. Das stille Winterlauter Tal, unfern des heutigen Backnang, gefiel ihm wohl. Er baute sich dort inmitten des Waldes seine Klause und lebte der Arbeit und der frommen Andacht. Die Leute schätzten ihn seiner Frömmigkeit wegen hoch. Sie nannten ihn den Vater Anton und suchten ihn auf, wenn sie eines Trostes oder eines weisen Rates bedurften.

Wie war es nun dem armen Weib und ihrem Kind in der Wildnis draußen ergangen? Wind und Wetter preisgegeben, hatte die arme Frau nur das stärkende Bewusstsein, sich rein zu wissen von aller Schuld. Eine innere Stimme wies sie nach Süden, von wo in sonnigeren Tagen ein edelherziger Jüngling gekommen war, für dessen Begehr sie ein sittsames Ja in Bereitschaft gehabt hatte. Weit entfernt war sie zwar davon, ihre Gedanken in freventlicher Weise zu der Hoffnung auf eine lichtvollere Zukunft in diesem Leben zu erheben; aber auf dem Fleck Erde, welche den Genossen glückseliger Tage trug, zu leiden und zu sterben, schien ihr eine Art stellvertretender Buße für ihren seligen Vater zu sein, der vom Himmel herab wohl auch ihr Elend jetzt mit ansehen mochte.

Nach langer Wanderung, voll von Entbehrungen und Gefahren, kam sie mit ihrem Säugling endlich ins Winterlauter Tal, ganz erschöpft und dem Tode nahe. Unter äußerster Anstrengung schrieb sie ein Brieflein, in welchem sie alle Christenmenschen bat, sich des verlassenen Kindleins einer unglücklichen Mutter anzunehmen, wenn sie von ihren schweren Leiden erlöst sein würde. Auf das Pergament legte sie einen kostbaren Siegelring, der seit langer Zeit im Besitz des Pfalzgrafen gewesen war, und den sie von ihrem Vater geerbt hatte. Dann starb sie.

In dortiger Gegend lebte in armseliger Hütte der gute *Fischer-Märte* (Martin). An demselben Tage, an dem die arme Frau ihren letzten Willen mit zitternder Hand niederschrieb, kehrte er in später Abendstunde müde von der Arbeit zurück. Am Abhang eines Rains, da wo Vergissmeinnicht und Ehrenpreis in Menge aus der Erde sprossten, fand er die Tote, an deren Brust das verlassene Kind schlafend lag. Einige Zeit stand er starr vor Schrecken da, bis er sich endlich zu fassen vermochte. Dann nahm er das schwache Kind sanft auf seine Arme, trug es nach Hause und kam bald wieder mit seinem Weibe zurück, um auch die entseelte Mutter dorthin zu tragen. Diese begruben sie andern Tags; das Kind aber nahmen sie in ihr Haus auf. Hildegard gedieh unter der liebevollen Pflege der braven Leute zusehends und vertrug sich auch recht geschwisterlich mit den eigenen Kindern seiner Pflegeeltern. Gemeinsam besuchten sie an jedem schönen Tage Wiese und Wald, und manchmal verloren sie sich unter Führung, des kühnen Mädchens soweit vom Hause weg, dass den guten Alten zuweilen fast bange um die lieben Kleinen wurde, wenn sie so lange nicht zurückkehrten.

Einst verirrten die Kinder im Walde, sodass sie nimmer aus und ein wussten und in blindem Eifer immer mehr Abwegs rannten. Als sie sich schon dem Gedanken hingaben, im Walde zu übernachten, erspähten sie eine menschliche Gestalt, auf welche die landläufige Beschreibung vom Vater Anton passte. Vertrauensvoll näherten sie sich dem Greise, welcher sie freundlich anredete und beruhigte. Plötzlich hielt er inne und schaute ganz verwirrt die Kinder an; denn er erblickte unter ihnen eines, dessen Züge ihm so bekannt erschienen, dass er keinen Augenblick über die wahre Herkunft desselben im Zweifel war. Anton fragte das Mädchen, wem es gehöre und wo es wohne, ergriff dann dasselbe rasch bei der Hand und führte die junge Schar auf dem nächsten Weg zur Fischerhütte. Dort angelangt, fragte er das Ehepaar hastig: »Wo ist meine Herrin?« Der Fischer war hierüber nicht wenig erstaunt und zuerst der Meinung, der Alte rede irr. »Seid Ihr nicht der Vater Anton?« sagte er; »nach wem verlangt Ihr und wo soll ich Euch hinführen?« Dieser erwiderte nur: »Wo ist die brave Mutter dieses Mägdleins?« Und jener: »So habt Ihr sie gekannt, die tote Frau?« Diese Nachricht wirkte erschütternd auf den Einsiedler, und er brauchte einige Zeit, bis er sich von seinem Schrecken erholt hatte. Die Kinder flüchteten sich ins Bett, und die Leutchen mussten ihm dann erzählen, wie sie zu dem Kinde gekommen seien, wogegen er ihnen die traurige Geschichte seiner ehemaligen Herrin mitteilte. Schließlich fragte Anton noch nach dem Namen, den sie dem Mägdlein gegeben hätten. »Hildegard haben wir's geheißen.« Mit freudiger

Gebärde rief Anton aus: »Getroffen! Hilde ist Hilde: Die Mutter hieß Brunhilde, die Tochter Mechthilde.«[2]

Spät legten sie sich zur Ruhe nieder, aber bald erwachte der Einsiedler wieder vom Schlafe. Es mochte ihm viel durch den Kopf gegangen sein; denn er sah nachdenklich aus, als er dem Fischer wieder gegenüberstand: »Hast du kein Andenken mehr von der Frau?« »Nur einen breiten Ring, den meine Hauswirtin aufbewahrt,« antwortete der Gefragte. Anton ließ sich den Ring zeigen und jubelte dann vor Freuden überlaut: »Gott Lob und Dank! Es kann noch alles recht werden.«

Er teilte dem Fischer die Bedeutung des Rings für die Zukunft der kleinen Hilde mit und sprach die Hoffnung aus, dass wenigstens das mütterliche Erbe dem Mägdlein zugewendet werden könne. Unter dem gegenseitigen Versprechen, das herzliche Einvernehmen der Kinder durch voreilige Enthüllung des Geheimnisses nicht stören zu wollen, schied Anton mit Sonnenaufgang von der Behausung der guten Fischersleute.

Von jetzt an kam er fast täglich in ihre Hütte; er unterrichtete die Kinder im Glauben, erzählte auch mitunter von den Kriegszügen und Heldentaten der Ritter und wurde bald der Liebling des Hauses. Hilde fühlte sich besonders zu ihm hingezogen und lebte sich durch seine Erzählungen bald in eine neue Welt hinein. Was Winterlauter Tal erschien ihr alsdann wie eine Fremde; aus der Vorstellung von ritterlichem Leben und Treiben schuf sie sich für ihre Gedankenwelt eine neue und eigene Heimat. Ohne auch nur die leiseste Ahnung von ihrer wirklichen Herkunft zu haben, ging mit ihr eine vollständige Wandlung vor. Denn während sie bisher in kindlicher Lust und Freude die freie Natur genossen hatte, übte sie sich nun im Speerwerfen und Armbrustschießen, wozu sie sich die Werkzeuge selbst hergestellt hatte. In männliche Tracht gekleidet ging sie auf die

---

[2] Dieser Name ist urkundlich 1283 (als Gemahlin Diethers, genannt Wolf); die Sage hält an dem Namen Hildegard fest.

Jagd und wurde nie erkannt. Daneben drang der Ruf ihrer häuslichen Tüchtigkeit in die Weite, und bald warben Söhne guter Häuser um sie in allen Ehren; doch nie konnte sie sich entschließen, von dem ihr lieb gewordenen Kreise sich zu trennen.

Da trat ein Ereignis ein, das ihrem Leben eine neue Richtung geben sollte. An einem schönen Herbstabend hatte sie sich im Jagdeifer gar zu weit von der heimatlichen Hütte entfernt: sie drang bis zum Riesenbergle bei Oberstenfeld vor, ohne etwas erlegt zu haben. Ermüdet setzte sie sich auf den Stumpf einer abgehauenen Eiche, rings von schützendem Gesträuch umgeben. Bald schlummerte sie ein und träumte und der zarte Mund verzog sich zu einem glücklichen Lächeln. Ein plötzlicher Angstschrei schreckte sie aus dem Schlafe. Rasch sprang sie auf und sah, wie ein gereizter Eber gerade auf einen Jüngling in Jägertracht losrannte; hart neben ihr lag ein Wurfspeer, den der junge Mann unmittelbar vorher auf das Tier gezielt haben mochte. Schnell griff sie zu; mit ein paar Schritten war sie bei ihm und erlegte das grimme Wild. Noch ehe der Jüngling sich bei ihr bedanken konnte, war sie im Dickicht verschwunden. Der Gerettete war Herr *Diether von Wunnenstein*, genannt Wolf.

Für die Zukunft der jungen Hilde, die jetzt wohl 17 Jahre zählen mochte, war das heutige Ereignis entscheidend: sie hatte in das Auge eines Jünglings geschaut, der von der Vorsehung für sie bestimmt war. Von nun an hatte sie keine Freude mehr am herumschweifen und Jagen, blieb vielmehr stets zu Hause, ganz in sich gekehrt, sodass die Pflegeeltern sich darüber recht verwunderten. Auch Anton machte sich seine Gedanken hierüber: »hat etwa der Fischersmärte durch vorzeitige Einweihung in ihre Vergangenheit sie aus dem Gleichgewicht gebracht und »stolz« gemacht auf ihre wahre Herkunft?«

Als er einst merkte, dass sein prüfender Blick die sinnende Jungfrau in Verlegenheit bringe, fasste er den Entschluss, die Fischerhütte einige Zeit nimmer zu betreten. Zu Hause gefiel es ihm aber doch nicht recht. Am dritten Tage trieb's ihn in den dunklen Tann hinein; er suchte Ruhe in hastiger Bewegung. Stundenlang mochte er dahingegangen sein, als er das Geschrei von Streitenden hörte, in welche sich das Gebell der Hunde mischte. Er hörte deutlich eine heisere

Stimme, die ihm bekannt schien, und eine andere, die heftig miteinander zankten. Bittere und leidenschaftliche Worte flogen herüber und hinüber, und auf einmal war das Geklirr von Waffen zu vernehmen.

Mit Riesenschritten näherte sich Anton dem Schauplatz des Kampfes und fand seinen alten Herrn, den Neckargauer, im Kampf mit einem schmucken Jäger, der allem Anschein nach mit Vorbedacht sich auf die Abwehr beschränkte und hiedurch den Gegner nur noch mehr reizte. Anton rief dem Rasenden zu: »Haltet ein um Gotteswillen: tut's Eurer seligen Gemahlin zulieb und erbarmt Euch eines armen Mägdleins, Eures Kindes!«

Wie gelähmt ließ der Angeredete die Arme sinken, wankte zurück und fiel zur Erde nieder. Anton und der Jüngling eilten ihm zu Hilfe. »Wer ist der Mann, der mich in Ausübung meines Rechts beharrlich hindern wollte und heute mich meuchlings überfiel?« fragte der Jüngling. Anton beschwichtigte ihn und widmete dem bewusstlosen Manne die möglichste Sorgfalt, sodass dieser endlich wieder zu sich kam. Er erkannte seinen ehemaligen Knecht und erinnerte sich sofort wieder seines letzten Wortes, mit dem er ihm entgegengetreten war. » Sie lebt?« hauchte er. »Ja, Eure Tochter, der Herrin getreues Ebenbild,« erwiderte Anton.

Der Jüngling war, unterdessen betroffen beiseite gestanden; denn er wusste nicht, wie er sich dies alles zusammenreimen sollte. Anton trat zu ihm hin und sagte: »Wenn mich meine alten Augen nicht täuschen, so seid Ihr der Ritter Wolfelin vom Wunnenstein.« »Wolfelin ist mein Vater,« erwiderte der Jüngling; »ich bin Diether, sein Sohn,« »Gottes Wege sind wunderbar,« sagte Anton; »ich kannte Euren Vater, als er Hausfreund des Pfalzgrafen war, und sah ihn schweren Herzens dessen Burg verlassen; ich erbebte, als die Blindheit siegte in der Pfalz und am Neckar; ich erlebte auch, wie die Reue das Unrecht zu sühnen suchte ... vielleicht darf ich noch das Wort des Friedens verkündigen im Winterlauter Waldgrund.«

Nun wusste Diether genug; denn ihm war jener Misserfolg seines Vaters nicht unbekannt geblieben. Er kämpfte seinen Unmut nieder und fand endlich für den Neckargauer milde Worte. Diese schnitten dem büßenden Sünder aber nur umso tiefer in die Seele. Die Reue erfasste sein Herz mit Macht; er warf sich nieder und weinte bitterlich. Anton kniete neben ihm nieder und betete für ihn; auch Diether faltete die Hände in Andacht.

So merkten sie nicht, dass ein rettender Engel sich ihnen nahte. Es war Hilde, die mit leichtem Fuß durch den Wald geschritten kam. Der alte Ritter hob das Auge und: »Hilde, Hilde!« rief er; denn vor ihm stand das leibhaftige Ebenbild seiner verstoßenen Frau Brunhilde. Das Mädchen trat erschrocken zur Seite und redete den Einsiedler mit zitternder Stimme an: »Den halben Tag suche ich Euch, Vater Anton, es trieb mich. Euch zu finden.« Wieder begann der Unglückliche: »Hilde! Hilde! Verzeihung um Gottes willen! Verzeihung dem Büßer!« Das Mägdlein schrak zusammen, ihre Augen suchten Rat und Hilfe bei Anton. »Ach,« sprach sie leise, »er ist gewiss recht unglücklich.« – Damit wandte sie sich ab, um zu gehen, denn sie fürchtete, von dem anwesenden Jüngling als ehemaliger Jäger am Riesenbergle erkannt zu werden. »Hilde!« rief Anton ihr nach, »wir gehen auch mit!« und zum Ritter gewendet sagte er halblaut: »Es ist Eure Tochter, Eure eigene Mechthilde; sie hat mich, ihren geistlichen Vater, gesucht und den leiblichen Vater gefunden.« Die Überraschung auf beiden Seiten war groß. Die natürliche Liebe, welche in Vater und Kind wirkte, verscheuchte jeden Zweifel, sie besiegte alles: die sehnlichen Wünsche eines Vaters waren damit ebenso erfüllt wie die Träume der Tochter. Bald schickten sie sich an, den Ort zu verlassen. Anton lud Diethern ein, auch mitzugehen. Anton und Hildchen mussten unterwegs viel erzählen; zufällig kam man auf das frühere Jägerleben des Mägdleins zu sprechen. Diether fragte, warum sie jetzt nimmer jage. »Heute,« antwortete der alte Anton, »heute ist's ein Jahr, dass sie ohne Beute nach Hause kam; seitdem hat sie das Jagdgebiet nie mehr betreten.« »Sie ist's!« jauchzte Diether vor Freude; und zur Jungfrau gewandt fuhr er fort: »Eure letzte Jagd war nur halb; die Beute soll Euch werden! Habt vor zwölf Monden keinen Hasen, kein Reh erbeutet... willst heute nicht einen Wolf mitnehmen?« Mechthilde errötete; dem alten Ritter wie dem getreuen Anton standen die Freudentränen in den Augen. Der Wunnensteiner vollendete seine Werbung: »Herr Ritter, sie hat mir heute vor einem Jahr das Leben gerettet; gestattet, dass ich ihr zum

Dank mein ganzes Leben weihe.«» *Was der Mutter versagt war, soll der Tochter werden*!« sprach der Neckargauer und legte die Hand der Tochter in die Rechte des Jünglings. »Amen,« ergänzte Anton mit feierlicher Stimme.

Eine Stunde später kamen die vier Leute in der Fischerhütte an. Anton ergriff das Wort: »Marte, von wem hast du die Hilde anvertraut bekommen?« Er antwortete mit der Gegenfrage: »Habe ich meine Pflichten nicht erfüllt, *die Gott mir auferlegt hat*? Er möge mir Hilde noch lange lassen und einst für sie sorgen,« setzte er hinzu. Anton deutete an, dass Gott den zweiten Wunsch auch recht bald in Erfüllung gehen lassen könnte. Der Fischer schaute wie verklärt drein: »So möge er meinen Traum in der vorigen Nacht in Erfüllung gehen lassen: die tote Frau ist zu mir gekommen, prächtig geschmückt mit Gold und Steinen, herrlich gekleidet in Samt und Seide, und hat nach Hilde gefragt, dann ein kleines Beil von Silber hervorgezogen mit den Worten: Das legt zum Siegelring! Ich habe gefragt, was das bedeute? Sie hat geantwortet: Eine Hochzeit; was der Mutter versagt war, soll der Tochter werden! Ich hörte dann ein helles Glöcklein läuten, und die Frau sagte mit freundlichem Blick: Schon läutet's zum Kirchgang, eilt! Damit erwachte ich, und heute denke ich den ganzen Tag über den seltsamen Traum nach.« Anton sprach: »Der Traum ist erfüllt; Herr Diether von Wunnenstein hat das silberne Beil im Wappen und ein Helles Glöcklein auf dem Turm seiner Michaelskapelle: Hilde wird Herrin vom Wunnenstein.« Der Fischer und seine Frau waren voll Staunens. Sie brachten nun den Siegelring herbei, und der alte Neckargauer erklärte, dass der rechtmäßige Besitz dieses Ringes das Anrecht auf das Muttergut begründe. So stand der Verbindung der beiden Glücklichen nichts hindernd im Wege.

Die Hochzeit ward auf dem Wunnenstein gefeiert; den Fischer rührte besonders der Klang des Glöckchens, der ebenso an sein Ohr drang, wie in jener Nacht. Der alte Wolfelin ehrte in seiner Söhnerin das Ebenbild seiner Jugendliebe, und der greise Neckargauer erfreute sich noch mehrere Jahre des wiedergewonnenen Friedens seines Herzens. Martin und sein Weib brachten den Lebensabend auf dem Wunnenstein zu. Ihre Kinder fanden eine gute Versorgung, und Vater Anton starb noch vor der Hochzeit im Walde.

Hilde wurde wieder die alte leidenschaftliche Jägerin. Mit der Armbrust und dem Speer bewaffnet ging sie mit ihrem Gatten hinaus, wenn er die dunklen Forste des Bottwargaus durchstreifte. Sie war aber auch sein schützender Engel, wenn er auszog in den Krieg, um die Ehre seines Standes und den Bestand seines Hauses zu wahren: sie begleitete ihn dann als verkleideter Knappe mit geschlossenem Visier und suchte ihn vor unredlicher Hantierung zu bewahren.

Die Glocke des Wunnensteins.

Im Jahre 1189 erscholl in allen deutschen Gauen der Ruf ins heilige Land, Jerusalem den Händen der Ungläubigen zu entreißen. Der Führer dieses Kreuzzugs war Kaiser Friedrich Barbarossa. Auch der Herr vom Wunnenstein schloss sich dem Heere an. Der Kaiser fand schon auf dem Hinweg im Saleph seinen Tod, zahllose Krieger starben bei Antiochia an der Pest dahin, und nur ein kleiner Rest beteiligte sich an der Belagerung von Akkon. Der Ritter von Wunnenstein war tief bekümmert über diesen traurigen Verlauf und tat das Gelübde, auf seiner väterlichen Burg eine Kirche zu bauen und darin den Herrn zu preisen sein Leben lang, wenn es ihnen durch göttlichen Beistand gelinge, die Festung einzunehmen und das begonnene Werk glücklich zu Ende zu führen. Und der Herr war ihnen gnädig, sodass sie die Stadt im Juli 1191 gewannen; doch erst nach drei Jahren kam der Ritter wieder zu Hause an, ganz entblößt von aller Habe. Aber von den reichen Pfründen seiner vielen Besitzungen baute er auf dem Vorderköpfle des Wunnensteins ein Gotteshaus, das er dem heiligen Michael weihte. Auf den Turm kam auch bald eine Glocke, die den Namen *Anna Susanna* erhielt, und von der man glaubte, dass sie die bösen Wetter vertreibe. Das Volk sang:

Anna Susanna,
musst schweba und hanga

Ufem Wünstemer Berg,
musst läuta und schlaga,
musst 's Wetter verjaga
Und hüta das Feld.
Anna Susanna!

Tust lieblich erklinga!
Wir steiga und singa
Und komma von fern.
Du rufst uns den Sega
Des Heilands entgega:
Di höra wir gern,
Anna Susanna!

Während es in der Umgebung des Berges nur selten hagelte, so ward die Stadt *Heilbronn* von starken Gewitterschäden oft heimgesucht: man glaubte in der Reichsstadt, die Wunnensteiner Herren hätten ihnen die bösen Wetter zugeläutet.

Als nun mit dem gleißenden Wolf das Geschlecht der Wunnensteiner 1413 ausstarb und das Kirchlein an das Stift Oberstenfeld kam, ergriffen die Heilbronner die Gelegenheit, die Wetterglocke durch Kauf an sich zu bringen, um sie auf den Kiliansturm zu hängen. Die Stadt wollte so viel Geld dafür bezahlen, als es ausmache, wenn man den Burgweg hinauf eine Reihe von Goldstücken eines an das andere lege. Der Kauf kam auch wirklich zustande.

Auf einem stolzen Wagen wurde Anna Susanna mit 12 Rossen abgeholt. Die Leute der Nachbarschaft klagten und weinten, aber es half sie nichts. Die Heilbronner jubelten, aber nicht lange. Es zog sich rasch ein schweres Gewitter zusammen; große Angst kam über die Heilbronner, und das nicht ohne Grund. Zwar kamen sie unversehrt nach Hause, aber als man die Glocke den Turm hinanzog, begann es schrecklich zu hageln, und der ganze Erntesegen ward vernichtet. Rasch wollte man die Glocke läuten, doch sie gab zur Verwunderung aller keinen Klang von sich.

Die Bürgerschaft kam hiedurch zu der Erkenntnis, dass sie durch diesen Handel den heiligen Michael aufs Tiefste verletzt haben, als sie seinen freien Segen durch schnödes Geld sich aneignen wollten. Die Väter der Stadt fassten den Beschluss, die Unglücksbringerin wieder fortzuschaffen, denn das Unwetter wollte gar kein Ende nehmen. Zitternd lösten sie die Glocke, und als diese wieder auf ebener Erde angelangt war, verhallte allmählich der Donner. Die 12 Rosse konnten nicht genug eilen, den Wagen über die Grenze zu bringen; auf halbem Wege erlagen sie der Last, und in Gruppenbach mussten die Fuhrleute einen Vorspann nehmen.

Endlich näherte sich der Zug wieder der alten Heimat der Glocke. Die Bewohner des Dorfes Winzerhausen waren den ganzen Tag auf den Knien gelegen und hatten gefastet. Auf einen Wink des Messpriesters erhoben sie sich endlich und schlugen den Weg Heilbronn zu ein, wo sie bald den Glockenwagen erblickten. Ein Bäuerlein pflügte gerade auf dem Felde, er spannte freudig seine Stiere aus, und mit leichter Mühe wurde die Glocke wieder an ihren alten Ort verbracht. Als die Sterne aufgingen, ertönte von selbst ihr frommer Klang durch die Lüfte.

Noch lange erfreute sich die Umwohnerschaft ihrer Wetterglocke Anna Susanna und ihrer Bergkirche. Das Volk wallfahrtete auch noch nach der Reformation dorthin, bis Herzog Christoph 1555 dies verbot und schon im folgenden Jahr die Niederreißung des Michaelskirchleins befahl. Die Glocke kam wohl zunächst auf den Turm der neuen Kirche in Winzerhausen. Im Dreißigjährigen Kriege nahmen die Schweden das Glöcklein mit; das sei aber für ihr Kriegsglück verhängnisvoll gewesen, und sie sollen deshalb das alte Heiligtum, die Anna Susanna, bei Lauffen in den »Strudel« geworfen haben, wo die Wunnensteinglocke sich heute noch befinde.

Aus Holder »Der Wunnenstein, Geschichte und Sage.« A. H.

Die feindlichen Brüder auf der Burg Lichtenberg im Bottwartal.

Auf dem Lichtenberg, gegenüber dem Wunnenstein, saßen einst zwei Brüder als gleichberechtigte Erben ihres Vaters; sie kamen jedoch nicht gut miteinander aus, da sie durch eine arglistige Nonne des Stiftes Oberstenfeld gegeneinander verhetzt worden waren. Vom häuslichen Streit kam es bald zum offenen Kampfe. Am Sauserhof sollte die Entscheidung fallen. Vor Beginn des Gefechts ließ der eine Bruder dem andern sagen, er lasse ihn verhungern, wenn er ihn in seine Gewalt bekomme. Dieser erwiderte, er wolle dagegen ihn verschmachten lassen.

Der letztere siegte, nahm seinen Bruder gefangen und warf ihn ins Burgverließ. Der Gefangene bekam nur trockenes Brot und keinerlei Getränke; doch stillte er seinen Durst dadurch, dass er sein Brot in die Mauerfugen steckte, wo es die Feuchtigkeit des Erdreichs ansaugte. Er hoffte auf diese Weise sich am Leben zu erhalten, bis der Bruder seinen harten Sinn geändert hätte.

Derselbe konnte nicht begreifen, warum es bei seinem gefangenen Bruder so lange daure und schickte den Burgpfaffen ins Verließ, welcher dem Gefangenen in der scheinheiligen Maske des gottgesandten Trösters das Geheimnis seiner Erhaltung entlockte und es dann dem Burgherrn mitteilte. Sogleich ließ dieser die Turmwände mit Brettern verschalen. Nach wenig Tagen trat der schreckliche Verschmachtungstod bei dem Gefangenen ein. Aber beim Anblick des Gemordeten empfand der Bruder heftige Gewissensbisse. Er ließ den herzlosen Priester kommen, stürzte ihn von der Zinne des Turmes in den Burggraben hinunter und gab dann sich auch selbst den gleichen Tod. Mit zerschmettertem Leib lag er drunten und bereute noch sterbend aufs bitterste, dass er sich an seinem eigenen Bruder so schwer versündigt hatte.

Meier, nach dem Volksmund berichtet. A. H.

Der Siebenrohrbrunnen und bis Gründung Heilbronns.

Die ersten Anfänge der Stadt Heilbronn liegen weit zurück im dämmerigen Bereiche der Sage. Wie der Name der Stadt verkündet, verdankt sie ihre Entstehung einem Wunderquell oder Heilbrunnen.

Karl der Große, so berichtet die Sage, hatte einst in der Gegend eine Jagd veranstaltet; denn noch waren die Hügel rings um den Neckar mit dichtem Wald bedeckt, in dem Ur und Elch, Hirsch und

Eber hauste. Über Tal und Höhen ging die wilde Jagd des Frankenkaisers und seiner Begleiter. Da gelangte der lärmende Tross aus dem finstern Dickicht der Wälder ins Tal hinab zu einer sonnigen Lichtung, wo im Schatten einer uralten Eiche ein klarer Quell zutage sprang.

Überrascht von der Lieblichkeit des Ortes stieg der Kaiser vom Rosse, sank ermüdet vom heißen Ritte ins grüne Gras und trank in vollen Zügen das herrliche Nass. Am Quell aber stand ein Altar, auf dem die heidnischen Alemannen ihren Göttern zu opfern pflegten. Das verdross den christlichen Kaiser und er beschloss, auch hier der Nacht des Heidentums zu steuern.

Fromme irländische Mönche und Glaubensboten erschienen bald unter dem Schutze des mächtigen Kaisers im lieblichen Gelände um den Neckar, verkündigten den rauen Söhnen Alemanniens die frohe Botschaft des Heils in Christo, zerstörten am geweihten Quell den Altar der Heidengötter und pflanzten an seiner Stelle das Kreuz auf. Von nah und fern strömten die trutzigen Recken herbei und empfingen am heiligen Brunnen die Weihe der Taufe. Bald erhob sich am geweihten Orte ein kleines Gotteshaus zu Ehren des heiligen Michael und an seiner Stelle später, als sich die menschlichen Niederlassungen stetig mehrten, die ehrwürdige Kirche zu St. Kilian. Der Heilsbrunnen aber, nach dem der rasch aufblühende Ort genannt wurde, sprudelte aus sieben Röhren im Schatten des hehren Münsters als Wahrzeichen der Stadt, bis er plötzlich im Jahre 1857 versiegte.

F. H.

Der letzte Dynaste von Hirschhorn.

Als man im Jahre 1733 die Gruft unter dem Chore der St. Kilianskirche in Heilbronn öffnete, fand man zwei zinnerne Särge. Auf dem kleineren stand in lateinischer Sprache die Inschrift:

Der tief betrübten Ehegatten, des Friedrich von Hirschhorn, Herrn zu Hirschhorn und Zwingenberg und der Agnes Margarete von Helmstadt, einziger teuerster Sohn Joh. Kasimir, geboren am 2. September 1631 und gestorben im folgenden Jahre 1632, am 3. August zu Heilbronn, wird von dieser Urne bedeckt: seine Seele aber genießt in Gottes Hand das ewige Leben.

Und auf dem größeren Sarg stand, ebenfalls in lateinischer Sprache, geschrieben:

Die sterbliche Hülle des hochedlen und wahrhaft deutsch gesinnten Friedrich von Hirschhorn, des Herrn von Hirschhorn und Zwingenberg, des Erbtruchsessen des Kurfürsten von der Pfalz, des letzten seiner Familie und seines Geschlechts, geboren am 25. Mai 1580, gestorben am 22. September 1632, umschließt dieser Sarg, seine selige Seele genießt das ewige Leben.

An diese beiden Särge, die neuerdings bei der Einrichtung einer Heizungsanlage in der Kilianskirche abermals aufgefunden und wieder versenkt wurden, knüpft sich eine Geschichte, die ein Zeitgenosse des begrabenen Friedrich von Hirschhorn uns urkundlich hinterlassen hat.

Friedrich von Hirschhorn, der »Letzte seines Geschlechts«, war in seiner Jugend ein heißblütiger, ehrgeiziger Kavalier gewesen. Am Hofe des Pfälzer Kurfürsten, wo er das Amt und die Würde eines Erbtruchsess innehatte, im schönen Heidelberger Schlosse, geriet der zwanzigjährige Junker in Zwistigkeiten mit einem andern Edelmann des Hofes, dem Herrn Johann von Handschuchsheim, der wie er der einzige und letzte Spross seines Hauses war.

Diesen hatte der Kurfürst wehrhaft gemacht und ihm dabei Degen und Wehrgehenk verehrt.

»Diesen Degen hat der von Hirschhorn kurzum sogleich haben wollen, weil ihm diese Ehre als Erbtruchsess gebühre, welches der andere billig abgeschlagen und zwar mit gebührender Remonstration, welche aber nicht verfangen wollen.«

Die beiden Junker gerieten scharf aneinander; es kam zum Duell, in welchem der von Hirschhorn den Handschuchsheimer tödlich traf.

Sie trugen ihn über den Neckar zur Burg Handschuchsheim, stumm in schweigender Nacht, einen Toten. Sie pochen an das Tor des Schlosses. Die Mutter des Getöteten, eine einsame Witfrau, tritt mit der Lampe heraus. Bleich und blutig liegt ihr Sohn, ihr einziger Trost, die letzte Hoffnung ihres Alters, vor ihren entsetzten Blicken. In wahnsinnigem Schmerz stürzt sie auf die teure Leiche nieder. Lange liegt sie in Ohnmacht gefangen. Als sie sich aufrafft, ruft sie finster drohend:

»Wer hat es getan? –«

»Friedrich von Hirschhorn!« tönt es dumpf aus der Schar der Diener.

»So möge Gottes Fluch ihn treffen!« rief die unglückliche Mutter in wildem Hasse, »dass er als der Letzte seines Stammes ohne Erben und Kinder sterbe, wie mein Sohn hier!«

Die Mutter hat's gerufen, der Himmel hat's gehört.

Jahre vergingen. Friedrich von Hirschhorn vermählte sich. Er hatte mehrere Kinder von seiner ersten Gemahlin, Ursula von Sternenfels, aber alle starben frühzeitig und den Kindern folgte bald die Mutter selbst in die Gruft.

Er vermählte sich zum zweiten Mal mit Agnes von Heimstatt.

Die Kriegsläuften jener Zeit hetzten den Mann von Ort zu Ort. Er sah seine Stammburg einen Raub der Flammen werden. Da suchte er hinter den festen Mauern der nahen Reichsstadt Heilbronn eine Zuflucht für sich und seine Gemahlin und das teure Söhnlein, das sie ihm – o Glück – noch geboren hatte. Aber der Fluch der Mutter des ermordeten Handschuchsheimers ruhte nicht: Auch Kasimir, sein hoffnungsvoller, lieber einziger Sohn und Erbe, starb im zartesten Kindesalter am 3. August 1632; und schon am 22. September desselben Jahres folgte ihm der trostlose Vater gebrochenen Herzens nach:

»Der Letzte seines Geschlechts.«

Und der Chronist sagt dazu:

» *Notate Posteri!* (Merk' es, o Nachwelt!) Gott der Allmächtige lässt nicht mit sich scherzen .....

Ein Exempel, daran man sich zu spiegeln, und darf man oft nicht fragen, warum die Geschlechter ausgehen.«

J. H.

Zaubergäusagen

Erzengel Michaels Feder.

Weil schon vor vielen hundert Jahren,
Da unsre Väter noch Heiden waren,
Unser geliebtes Vaterland
So lustig wie ein Garten stand,
So sah der Teufel auch einmal
Vom Michelsberg ins Maiental
Und auf das weitbebaute Feld.

    Er sprach: Das ist ja wohlbestellt;
hier blüht, wie einst im Paradies,
Der Apfelbaum und schmeckt so süß.
Wir wollen dieses Gartens pflegen,
Und soll sich erst kein Pfaff dreinlegen!

    Solch Frevelwort des Satans hört
Der Herr im Himmel ungestört,
War aber gar nicht so ergötzt,
Dass sich der Bock zum Gärtner setzt.
Er sandte Bonifatium
Damals im deutschen Reich herum,
Dass er des heiligen Geistes voll,
Den himmlischen Weinstock pflanzen soll;
So rückt er nun auch zum Michelsberg.
Das kam dem Satan überzwerch;
Tät ihm sogleich den Weg verrennen,
Ließ den Boden wie Schwefel brennen,
hüllet mit Dampf und Wetterschein
Das ganze Revier höchst grausam ein,
Ging selber auf den Heiligen los,
Der stand aller irdischen Waffen bloß,
Die Hände sein zum Himmel kehrt',
Rief: Starker Gott! leih mir ein Schwert!
Da zuckt herab wie ein Donnerstreich

Erzengel Michael sogleich.
Sein Flügel und sein Fußtritt dämpft
Das Feuer schnell, er ficht und kämpft
Und würgt den Schwarzen blau und grün.
Der hätte schier nach Gott geschrien;
Schmeißt ihn der Erzengel auch alsbald
Kopfunter in den Höllenspalt;
Schließt sich der Boden eilig zu,
Da war's auf Erden wieder Ruh,
Die Lüfte flössen leicht und rein,
Der Engel sah wie Sonnenschein.

    Unser Heiliger bedankt sich sehr,
Möcht' aber noch ein Wörtlein mehr
Mit dem Patronen gern verkehren;
Des wollte jener sich erwehren,
Sprach: Jetzo hab' ich keine Zeit.
Da ging Bonifaz so weit,
dass er ihn fasste an seiner Schwingen,
Der Engel ließ sich doch nicht zwingen,
War wie ein Morgenrauch entschlüpft.
Der Mann Gottes stand sehr verblüfft.
Ihm war, wie er mit dem Erzengel rang,
Eine Feder, gülden, schön und lang,
Aus dem Fittig in der Hand geblieben.
Flugs tät er sie in den Mantel schieben,
Ging eine Strecke fort und sann:
Was fang ich mit der Feder an?

    Nun aber auf des Berges Rand
Ein kleiner Heidentempel stand,
Noch in der letzten Römerzeit
Luna, der Mondsgöttin, geweiht
Von Trephon, dem Feldhauptmann.
Da nahm Bonifaz ein Ärgernis dran,
Ließ also das Bethaus gleich fegen und lichten,
Zur christlichen Kapell' herrichten
Und weihte sie auch auf der Stell'

Dem teuren Erzengel Michael.
Sein Bild, übern Altar gestellt,
Mit der rechten Hand die Feder hält,
Die dann bei mancher Pilgerfahrt,
Noch bis heute verehret ward.

    Zu guter Letzt ich melden will:
Da bei dem Berg liegt auch Tripstrill,
Wo, wie ihr ohne Zweifel wisst,
Die berühmte Pelzmühl' ist.
    Ed. Mörike.

Der Einsiedler am Himmelreich.

Als das Zabergäu zum größten Teil noch dicht bewaldet war, lebte in jener Gegend ein junger Mann aus edlem Geschlechte, aber dem Dienst der germanischen Götter ergeben. Die ihm anverlobte Jungfrau war eine fromme und treue Jüngerin Jesu Christi und wollte auch ihn für den neuen Glauben gewinnen. Als ihre vielen Bemühungen ganz ohne Erfolg geblieben waren, verließ sie ihre Eltern und floh in tiefstem Gram in die schauerlichste Einöde hinaus und lebte unter den Tieren des Waldes, die ihr aber nichts zu Leide taten, sondern sie noch nährten. Nach wenigen Jahren waren ihre Kräfte erschöpft. In Baumrinden und Steinflächen ritzte sie ihre letzten Gedanken ein, dann starb sie.

Ihr ehemaliger Geliebter, der immer noch die Götter der Germanen verehrte, verirrte sich einst auf der Jagd hierher, denn er vermochte das Wild nicht zu erlegen, das ihn unverwandt anblickte, als fühlte es sich durch einen mächtigen Schutzgeist vor seinen Pfeilen gefeit. Da las er nun die Schriftzeichen (Runen) der Geliebten und fand ihr selbst gebettetes Grab, in welchem sie unter herbstlichem Laub und Berggerölle lag; die edelste Sehnsucht nach ihr regte sich in seinem Herzen, und er schmückte ihre Ruhestätte mit Waldblumen.

Die toten Götzen warf nun der Jüngling von sich und bekehrte sich zu dem lebendigen Gott, unternahm eine Wallfahrt, ließ sich vom Bischof zu Worms taufen und zog sich in die Einsamkeit zurück. Auf der Höhe jenes Hanges, wo er die teure Tote gefunden, erbaute er sich eine Hütte, um von nun an des Glaubens zu leben, den die liebe Abgeschiedene so freudig bekannt hatte. Der Ruf von seiner Frömmigkeit verbreitete sich in der weiten Umgegend, und viele suchten und fanden bei ihm Trost, Rat und Hilfe in allen Anliegen des Lebens. Auch als Greis blieb er innerlich jung und geistig frisch.

Einmal klopfte es, als er gerade sein Gebet verrichtete, in stürmischer Regennacht an die enge Pforte seiner Zelle. Er öffnete, und eine schöne, hohe Gestalt trat ein. In ihren Augen leuchtete göttlicher Friede und ein lichter Kranz umgab das freundliche Haupt. »Dein Flehen ist erhört,« sprach der Gast mit himmlischer Milde, »gehe ein zu deines Herrn Freude!« Er küsste den Greis auf die Stirne, und die erlöste Seele schwebte hinüber zur Ruhe der Seligen.

Fromme Waller fanden des Morgens die Leiche neben dem kleinen Betaltar. In dem Antlitz des Entschlafenen leuchtete der Widerschein des Himmelsglanzes. Weinend begruben sie ihn und bauten an dieser Stätte ein Bethaus, an dessen Stelle in späteren Zeiten die Kirche von Frauenzimmern erstand. Die Anhöhe über der Zaber heißt jetzt noch das Himmelreich und der Ort, wo der Einsiedler hauste, die Gottesnähe.

A. H.

Das Geisterschloss im Strombergwald.

Albrecht von Herrenzimmern besuchte einst seinen Jugendfreund Herzog Friedrich III von Schwaben, den nachmaligen Hohenstaufenkaiser Rotbart (Barbarossa), und dieser veranstaltete einen Ausritt ins Zabergäu zum Ritter Erkinger von Magenheim. Der lud seine Gäste zu einer Jagd in den Stromberg ein.

Schon seit längerer Zeit zeigte sich dort ein stattlicher Hirsch, der aber nie erreicht werden konnte; Albrecht aber brannte vor Verlangen, ihn zu erlegen. Auch heute war er zu sehen, und der Graf bekam ihn wiederholt in schussgerechte Nähe, doch im entscheidenden Augenblick war das Tier jedes Mal plötzlich verschwunden, um sofort unfern der Stelle wieder aufzutauchen.

So war Albrecht bald von seinen Jagdgenossen getrennt und gründlich verirrt; aber mitten in der Wildnis stand plötzlich ein riesengroßer, landfremder Mann vor ihm, der ihn freundlich einlud, ihm zu folgen: Er habe nichts zu fürchten und werde wunderbare Dinge sehen, nur solle er über alles ein tiefes Schweigen beobachten.

Nach kurzer Wanderung durch liebliches Gefilde kamen sie an ein Waldschloss, wo unser Jägersmann von stummen Dienern mit höflichen Gebärden bewillkommt und in den Rittersaal geführt wurde. Hier saß eine vornehme Gesellschaft am leckeren Mahl; die Herren erhoben sich und begrüßten den Eintretenden mit ehrerbietigen Mienen, um sich dann wieder zu setzen. Nachdem jener alles gesehen hatte, ward er von seinem Begleiter hinausgeführt und auf den Platz zurückgebracht, wo sie sich zuerst erblickt hatten.

Nun erfuhr er aus dessen Munde, das Haupt jener Tafelrunde sei sein Oheim Friedrich von Zimmern, ein glaubenseifriger Mann, der viel gegen die Türken im heiligen Land gekämpft, wozu er die nötigen Gelder in harter Weise von seinen Untertanen herausgepresst habe; hiefür leide er jetzt noch unaussprechliche Pein mit seinen damaligen Genossen. »Wandle du selbst aber auf umso besseren Wegen und suche wieder gut zu machen, was er in seiner Jugend gefrevelt hat.«

Der Geist verschwand, und als der junge Graf von Zimmern sich nochmals umwandte, ging das Schloss in Flammen auf; er glaubte im brennenden Pech- und Schwefeldunst ersticken zu müssen und grässliches Wehgeheul erklang in seinen Ohren. Wie durch ein Wunder fand er rasch den Weg wieder zu seinen Jagdgefährten, die ihn kaum mehr erkannten, so alt sah er jetzt aus. Er bat den Burgherrn von Magenheim, er möchte ihm den Baugrund zu einem Kloster abtreten. So entstand auf dem Platz, wo das

Abenteuer sich ereignet hatte, das Kloster Mariental zu Frauenzimmern im Zabergäu.

A. H.

Der Hirte von Eibensbach.

Auf den breiten Mauern der Burgruine Blankenhorn sah man früher, wie alte Leute sich erzählen, zuweilen eine weibliche Gestalt im Trauergewande mit einem Säugling im Arm wehklagend hin- und herwandeln und hörte sie im Heulen des Sturmes um Rache schreien. Es war die erste Gemahlin Wolfs, des letzten Ritters vom Geschlecht der Blankenhorner.

Ein armer Kuhhirte aus Eibensbach sah an einem Herbstabend auf dem Heimweg mit seiner Herde eine besonders große Schlüsselblume blühend stehen, die ihm – auch wegen ihrer ungewöhnlichen Blütezeit – besonders auffiel und die er deshalb auf den Hut steckte. Alsbald fühlte er einen Druck auf dem Kopf, und wie er den Hut abnahm, hing statt der Blume ein schwerer silberner Schlüssel daran, und vor ihm stand eine schneeweiße Frau, die ihn freundlich anredete, er möge den Schlüssel nur gleich versuchen; damit deutete sie auf eine Türe, die der Hirte plötzlich am Bergeshang entdeckte. Er dürfe, fügte sie hinzu, von den reichen Schätzen im Innern des Berges soviel mitnehmen, als er nur wolle und könne, doch soll er hernach das Beste nicht vergessen, – sie selbst aber sei nun *durch ihn erlöst*. Damit verschwand die freundliche Erscheinung.

Der Hirte ging rasch ans Werk, kam durch die gezeigte Türe in ein Gewölbe und nahm reichlichen Gewinst in den Taschen und Ärmeln seiner Kleider mit sich fort; doch ward er auf einmal von unüberwindlichem Grauen ergriffen und eilte rasch von hinnen, wobei er den Schlüssel vergaß.

Sein unverhoffter Reichtum erschien ihm in der Nachbarschaft des Berges selbst recht unheimlich. Und da man ihn vielfach beneidete oder wenigstens misstrauisch ansah, so wanderte er nach

Amerika aus, wo es ihm recht gut erging. Er schrieb einst in die Heimat zurück:

Durch Eibensbach und Blankenhorn
Bin ich zum reichen Mann geworn.

Nach anderem Bericht lautete sein Vers:

Das Blankenhorn bei Eibensbach
hat mich nebst Kindern reich gemacht.

    A. H.

Die hl. Regiswindis von Lauffen a. N.

Die Stadt Lauffen am Neckar war zur Zeit der Karolinger Krongut, d. h., Eigentum des Kaisers. Im Jahre 832 schenkte der Kaiser Ludwig der Fromme seine Besitzung Lauffen seinem Schwiegersohn Ernst, dem tapferen Grafen des Nordgaues. Der baute sich eine feste Burg auf einem Felsen, der trotzig und steil aus dem Neckar sich erhebt. Der Fels ist wohl ein Stück des Bergrückens, den der Neckar in früheren Zeiten gewaltsam durchbrochen hat. Menschenhände mögen späterhin dem Fluss zu Hilfe gekommen sein; aber noch lange Zeit war an der Durchbruchstelle ein gefürchteter Strudel, und heute noch erzählt man sich in Lauffen von der unergründlichen Tiefe des »Wirbels«, auf dessen Grunde die Wunnensteiner Wetterglocke ruhen soll.

Auf jenem Felsennest also, auf allen Seiten vom Neckar umrauscht und mit dem Ufer nur durch eine Zugbrücke verbunden, lebte Graf Ernst mit seiner Gemahlin Friedburga und nichts fehlte zu ihrem Glücke, als ihnen der Himmel ein liebreizendes Töchterlein schenkte. Regiswindis, so hieß das Kind, war die Wonne ihrer Eltern und die Lust aller, die sie kannten. Unter der besonderen Obhut einer Wärterin wuchs das Kind heran, von allen Rosen, die im Burggarten blühten, die schönste. Nun hatte die Amme des Kindes einen Bruder, der ebenfalls bei Herzog Ernst in Diensten stand. Seines Amtes war, der auf der Weide gehenden Pferde zu warten. Aber der Knecht war gleichgültig in seinem Geschäfte, und als er sich einstens trotz mehrfacher Verwarnungen wieder eine grobe Nachlässigkeit hatte zuschulden kommen lassen, geriet sein Herr in einen furchtbaren Zorn und ließ ihn zur Warnung für andre im Schlosshof auspeitschen. Die Schwester hörte die Schmerzensrufe und sah das Blut des geschlagenen Bruders und schwur insgeheim, sich an dem Grafen zu rächen.

Eines Tages nun ritt Ernst samt seiner edlen Gemahlin zur Jagd. Die siebenjährige Regiswindis blieb mit ihrer Amme in der Burg zurück. Da gab der Teufel der Wärterin den Gedanken ins Herz, ihre Rache an dem Grafen durch den Tod der Regiswindis zu befriedigen. Sie erwürgte das Kind mit einem güldenen Kettelein, das es um den Hals trug, und stieß es dann über den Burgfelsen hinunter in den strudelnden Neckar. Hochauf spritzte das Wasser und wie im Zorn toste und brauste der Fluss. Da packte die Mörderin Entsetzen über ihre fürchterliche Tat, denn auch sie hatte das Mädchen so lieb gehabt. In wilder Verzweiflung eilte sie an die entgegengesetzte Seite der Burg, um sich von dort in den Fluss zu stürzen. Einige Dienstmannen ergriffen die Wahnsinnige und erfuhren bald, was sie Schreckliches getan.

Man begann sofort nach dem Kinde zu suchen. Aber erst nach drei Tagen gab der Strudel die kleine Leiche heraus. Aber, o Wunder! Wie lieb und friedlich lag die kleine Regiswinde im Nachen! Ein frisches Rot auf dem blassen Gesicht, die Ärmchen kreuzweis über der Brust gefaltet, ein Kränzlein von Rosen im Goldhaar, so schien es glückselig lächelnd im Schlafe zu träumen. Und so fanden sie die Eltern bei ihrer Rückkehr.

Der Schmerz der armen Eltern über den Tod ihres Lieblings war unermesslich. Unter vielen Tränen wurde Regiswind bestattet. Als nun der fromme Bischof Humbert von Würzburg erfuhr, wie schweres Leid den Grafen Ernst und seine Gemahlin betroffen, da machte er sich auf gen Lauffen, um die betrübten Eltern zu trösten. Da er nun hörte, wie das Kind im Tode so wunderbar erhalten geblieben und wie seine Ärmchen im Kreuze über der Brust gelegen, so schloss er von dem allen auf eine besondere Heiligkeit des Kindes. Er beredete den Grafen, zu Ehren der heiligen Regiswind eine Kapelle zu bauen. Als man nun bei der Einweihung das Kind in einem silbernen Sarg in der Kapelle beisetzte, da klangen Engelsstimmen in der Menschen Chöre und himmlischer Duft erfüllte das Gotteshaus mit Wohlgeruch. Viele Gläubigen wallfahrteten zu der Stätte und Kranke aller Art fanden Heilung an dem Ort, wo die Gebeine der Regiswindis ruhten. Im Jahr 1227 wurde an Stelle der baufälligen Kapelle der heiligen Regiswindis zu Ehren eine prächtige große Kirche gebaut und die Heilige im Chor der Kirche beigesetzt. Daselbst kann man heute noch das Grabmal nebst einer goldenen Inschrift sehen. Neben der Kirche steht noch eine kleinere Kapelle, die wohl erst im 14. Jahrhundert entstanden und aus den Überresten der abgegangenen uralten Wallfahrtskapelle erbaut worden ist.

Was aus der verruchten Amme geworden ist, weiß man nicht. Die einen sagen, sie sei aus, der Burg entkommen und bis an ihr Ende ruhelos in der Welt umhergeirrt; andere wollen wissen, dass Graf Ernst sie an der Stelle ihrer Untat in die Felsen der Burg habe lebendig einmauern lassen.

Die Gründung des Klosters Maulbronn.

Zu Anfang des 12. Jahrhunderts lebte in Lomersheim ein wackerer Ritter namens Walter. Der war ein Kriegsmann von Jugend auf und mancher Kranz hatte schon seine Siegerstirne geschmückt. Aber als das Alter ihn zwang, dem Kriegshandwerk zu entsagen, da wandte er sein Sinnen Gott und göttlichen Dingen zu, und er glaubte des Himmels Wohlgefallen am besten dadurch erringen zu können, dass er ein Kloster stiftete. Der Bischof Günther von Speier bestärkte den Ritter in seinem Vorhaben, und als Walter den Klosterbau auf seinem Gute Eckenweiher bei Dürrmenz-Mühlacker vollendet hatte, da sandte der Bischof zur Besiedelung desselben 12 Zisterziensermönche und den Abt Dieter. Die Mönche fanden jedoch bald, dass die Gegend viel zu sumpfig, die Luft zu rau, die Wälder zu düster seien, und klagten ihre Not dem Bischof Günther. Der war tief gerührt von den Klagen der Mönche und erlaubte ihnen, in den ausgedehnten Waldgründen am Anfang des Stromberges ein passendes Plätzchen sich auszusuchen.

Die Mönche waren hocherfreut und beschlossen, die Wahl des neuen Ortes Gott anheim zu geben. Da hatten nun die frommen Brüder einen Maulesel, ein williges und braves Tierlein, wohl geübt geduldig Lasten zu tragen. Den wollten sie zu ihrem Führer machen. Hatte nicht einst ein Esel den Engel gesehen, den des Propheten Augen nicht sehen konnten? War nicht Jesus auf einer Eselin in Zion eingezogen? So dachten sie, luden auf das Grautier ihre Habe, ließen es vorangehen und folgten ihm mit Kreuz und Fahne, fest entschlossen, das neue Kloster an dem Ort zu gründen, wo das Eselein sich zur Ruhe niederlegen werde. Langsam ging der Zug in die Kreuz und Quere, bergunter und bergauf, durch dick und dünn, und der fromme Gesang der schwitzenden Mönche wurde immer matter. Da, in einem herrlichen Tale, an einem köstlichen Born machte der Esel Halt, trank und streckte sich alsdann ins duftende Gras. Ein lärmend »Gratias« (lateinisch = Gott sei Dank!) begrüßte diesen Wink des Himmels und man beschloss freudig erregt, schon am nächsten Tage mit der Gründung des neuen Klosters zu beginnen.

Durch Vermittlung ihrer beiden Gönner, des Ritters Walter und des Bischofs Günther, standen den Mönchen bald eine große Anzahl von Bauleuten zu Gebote, meist Leibeigene der benachbarten Edelleute. Treffliches Bauholz und vorzügliche Steine waren in nächster Nähe zu haben. Hunderte von Händen regten sich, den Wald zu roden, Balken zu behauen, Steine zu brechen und zu bearbeiten, Speis zu mischen und Stein auf Stein zu fügen.

Zusehends wuchsen die Mauern der Klostergebäude aus dem Boden, und die Säulenbündel der gewaltigen Klosterkirche und des hohen Kreuzgangs strebten kühn nach oben. Da stellte sich plötzlich ein unerwartetes Hindernis ein. In den tiefen Wäldern des Strom- und Heuchelberges hausten nämlich in damaliger Zeit große Räuberhorden und machten die Gegend unsicher bis hinüber zum Rhein. Da die Räuber nun hörten, dass ein Kloster sie aus ihrem Schlupfwinkel treiben sollte, kamen sie in großer Zahl herbei und verlangten unter schweren Drohungen sofortige Einstellung des Baues. Die Bauleute hielten erschrocken in ihrer Arbeit inne, die Mönche standen sprachlos vor dem zürnenden Räuberhauptmann. Da trat aus der Mitte der Mönche einer hervor und sprach: »Vergießet kein Blut, wir wollen euch freiwillig versprechen, den Bau nicht zu vollenden.« Die Räuber trauten den Worten des Mönches nicht recht, aber mit einem heiligen Eide bekräftigte er sein Versprechen. Die Räuber gaben sich nun zufrieden und zogen ab. Und die Mönche? Kaum waren die Räuber im Dunkel des Waldes verschwunden, so bauten sie noch eifriger als vorher, und als in kurzer Zeit das Kloster so stark und fest dastand, dass es einen Ansturm von außen nicht zu fürchten brauchte, da rief der Klang der Klosterglocke weithin in die Waldtäler des Salzachgaues. Verwundert horchten die Räuber auf, und zürnend kamen sie herbei, Rechenschaft und Sühne zu fordern für den schnöden Wortbruch der Mönche. »Habt ihr uns nicht geschworen, den Bau unvollendet zu lassen?« grollte der Anführer. »Und wir haben unser Wort gehalten,« entgegneten ruhig die Mönche. »Kommet und sehet!« Mit diesen Worten führten sie die Räuber in die Klosterkirche. Da lag in der linken Seitenhalle ein Stein auf dem Boden; oben aber in der Mauerwand war eine Öffnung, die vergeblich nach dem unten liegenden Steine rief. Verschmitzt lächelnd deuteten die Mönche auf Stein und Öffnung. Da sahen die Räuber, dass sie von den Mönchen überlistet waren. Aber was konnten sie machen? Gewalt anzuwenden, dazu waren die Mauern der Klostergebäude zu stark geworden. So zogen sie sich denn tiefer in die Wälder zurück und mieden fortan das Gebiet um Maulbronn.

Zur Erinnerung an diese Sage aber ist noch heute in der Kirche zu Maulbronn in Stein gehauen zu sehen eine schwörende Hand, ein listig lächelnder Mönch und ein bös dreinschauendes Raubtier. Auch der Eselsbrunnen, schön gefasst, spendet noch heute sein klares Wasser.

Nach Klunzinger.

Die Teufelsmühle bei Loffenau.

Etwa zwei Stunden südlich von Loffenau, dem mildest gelegenen Orte des württembergischen Schwarzwaldes, liegt die »Teufelsmühle«, eine 908 Meter hohe Berghöhe, auf der große Massen mächtiger Sandsteinfelsen wie von gewaltigen Riesenhänden aufgetürmt oder wirr durcheinandergeworfen liegen. Am Abhang des Berges befinden sich die »Teufelskammern«, sieben große natürliche Höhlungen. Von der Höhe der Teufelsmühle bietet sich eine köstliche Aussicht auf das zu Füßen gelegene Murgtal mit Gernsbach und Eberstein, und weiterhin schweift das Auge über die Badener Berge bis hinüber zu den Höhenzügen um Straßburg. Über die Teufelsmühle nun berichtet die Sage folgendes:

Vor vielen, vielen Jahren kam der Teufel bei den heißen Quellen von Baden aus der Hölle heraufgestiegen, ging stracks Laufs das

Lichtental hinauf und hinüber zum Eberstein. Hier stellte er sich auf einen ins Murgtal hinausragenden hohen Felsen, der seither die Teufelskanzel heißt, und fing nun an, durch gewaltige Predigten für sein Reich zu werben. Der Zulauf aus der ganzen Gegend war ungeheuer; denn der Teufel verstand in gar prächtigen Farben seines Reiches Herrlichkeit zu malen, und der Böse freute sich schon des gewonnenen Spieles. Allein nun sandte Gott einen seiner beredtesten Engel vom Himmel herab. Der stellte sich auf einen der Teufelskanzel gegenüberliegenden Felsen und begann nun mit lauter Stimme und zu Herzen gehenden Worten die Leute über die Lügenreden des Höllenfürsten aufzuklären. Darob geriet aber der Satan in eine unbändige Wut, sprang auf einen hohen Berggipfel bei Loffenau, baute sich über Nacht eine Mühle und sieben gewaltige Kammern und fing nun an die Felsen mit Donnergepolter zu zermahlen, mit seinen Hufen zu zerstampfen oder gar mit den Zähnen zu zermalmen. Andere riss er mit schauerlichem Gebrüll aus der Erde und schleuderte sie rings umher und über Berg und Tal. Das gab einen solch höllischen Spektakel, dass der Engel auf seiner Kanzel das eigene Wort nicht mehr verstand und die Zuhörer in wilder Angst davonrannten. Nun wurde aber dem lieben Gott die Geschichte doch zu bunt. Er erschien selbst auf der Herrenwies, einem der höchsten Berge bei Baden-Baden, ergriff den Satan mit allmächtiger Faust und schleuderte ihn mit solcher Kraft gegen seine Mühle, dass diese in Trümmer fiel und die ganze Gestalt des Teufels samt Pferdehuf und Schweif im harten Felsgestein sich abdrückte, wo sie heute noch zu sehen ist. Nun gab der Teufel Ruhe und verstummte, und nur noch zu Zeiten starker Unwetter glaubt man ihn in den Felskammern noch rumoren zu hören.

Nach Griesinger.

Das Rockertweible.

Oberhalb Gernsbach liegt rechts von der Murg der Rockert, ein hoher schöner Bergwald, der sich bis gen Reichental hinzieht. Darin geht seit vielen Jahren eine Gräfin von Eberstein und büßt ihre

Schuld. Die Leute nennen sie das Rockertweible. Ehedem gehörte der Rockertwald denen von Reichental und Hilpertsau. Die habsüchtige Gräfin von Eberstein hätte schon längst gerne das schöne Waldrevier in ihren Besitz gebracht; aber da alle ehrlichen Mittel sie nicht zu ihrem Ziel führten, so griff sie zur Lüge und behauptete dreist, der Rockertwald habe von jeher den Ebersteinern gehört, aber er sei während der langen Abwesenheit ihres Gemahls von den Klosterherren in Reichental weggenommen worden. Da ward ein Manngericht von Grafen und Rittern berufen; das verlangte von der Gräfin, sie solle im Walde selbst schwören, dass er ihr zu eigen gehöre. Da tat sie zuvor Erde von ihrem Ebersteiner Grund und Boden in die Schuhe, steckte heimlich einen »Schöpfer« (Löffel) zwischen den dichten schwarzen Federbusch ihres Hutes und schwur alsdann: »So wahr mein Schöpfer über mir ist, so wahr stehe ich hier auf eigenem Grund und Boden.« Nun ward der Wald ihrem Geschlecht zugesprochen. Aber nach wenigen Tagen starb die Gräfin und geht zur Strafe für ihren falschen Eid seither im Rockert. Man hat sie oft gehört, wie sie mit vielen Hunden das Wild hetzte.

Einst hatten einige Wilderer in diesem Walde ein Feuer angemacht. Da hörten sie erst aus der Ferne ein wildes Jagen und Rufen: »Hu dock! hu dock, dock, dock!« Plötzlich trat das Rockertweible aus dem Gebüsch mit drei Hunden, denen die Zunge aus dem Maule hing. Es stellte sich mit gespreizten Beinen über das Feuer, sah die erschrockenen Wilderer eine Weile an, lachte hell auf und ging weiter. Als die Wilderer wieder zu sich kamen, fehlte dem einen der Hut, dem andern das Gewehr, dem dritten das Messer.

Ein andres Mal kam ein Mann durch das Murgtal herab und hörte am Fuße des Rockertwaldes auf einer Wiese das Rockertweible jagen. Na rief er im Übermut ihm zu: »Altes Schindluder, gib mir auch ein Stück von deinem Jagdrecht.« Da hätte es ihm aber schlimm gehen können, wenn nicht zum Glück eine Heuscheuer in der Nähe gewesen wäre, in die der Mann vor dem rasenden Rockertweible sich eiligst flüchtete. Wer nämlich unter Dach ist, über den haben die Geister keine Macht mehr. Am andern Morgen aber lag vor der Scheuer ein ganzer Haufen »Beiner« von Wild und Vieh, mit denen das Rockertweible nach dem Mann geworfen hatte.

Sonst aber ist das Rockertweible ungefährlich. Wer ruhig vorübergeht, dem tut es nichts. In Mieder und Rock von schwarzer Seide, auf dem Hute einen schwarzen Reiherbusch, so geht es gewöhnlich durch den Wald und ruft klagend: »Hu! hu!«

Nach Meier.

Der Riese Erkinger von Liebenzell.

Vor vielen, vielen Jahren lebte im Nagoldtale ein gewaltiger Riese namens Erkinger. Der war ein böser Räuber und Menschenfresser. In Liebenzell ließ er sich einen starken Turm bauen und dabei mussten die Maurer den Speis mit Wein anmachen, damit die gewaltigen Quadersteine umso fester aneinander gekittet würden, hier in seiner Burg hauste nun Erkinger mit zwei Gesellen und brachte Furcht und Schrecken über die ganze Umgegend; denn mit besonderer Vorliebe raubte er den jungen Bauern, wenn sie gerade Hochzeit hielten, ihre Bräute weg, schleppte dieselben mit sich fort in seinen Turm und fraß sie auf. Die Gebeine der Menschen, die er verzehrt, warf er immer zum obersten Fenster hinaus. Sie fielen eine gute Viertelstunde von der Burg entfernt immer auf derselben Stelle nieder, und mit der Zeit wurde daraus ein ganzer Berg, den man heute noch den Beinberg nennt. Ebenso heißt auch ein kleines Dorf, das auf dieser Höhe liegt.

Wegen der Gräuel, die Erkinger weit und breit verübte, versuchten manche ihn zu töten. Aber kein Mensch konnte dem Gewaltigen widerstehen: denn er war über vier Meter groß, sodass jeder andre gegen ihn ein Zwerg war. Als Waffe trug er eine gewaltige Stange, mit der er jeden niederschmetterte, der ihm zu nahe trat, und in seiner wilden Kraft konnte er sogar Bäume mitsamt der Wurzel ausreißen und damit auf die Leute losschlagen. Gegen Verwundung durch Geschosse schützte ihn ein ledernes Kleid, das statt der Knöpfe eiserne Ringe hatte. Von seiner Burg herab warf er nach seinen Feinden mit dicken Steinkugeln, deren man heutzutage noch manche bei Liebenzell finden kann.

In ihrer großen Not wandten sich endlich die Bewohner des Nagoldtales an ihren Landesherrn, den Markgrafen von Baden, und flehten um Hilfe. Der verbündete sich mit dem Pfalzgrafen Ruprecht, zog mit einem großen Heer vor die Burg des Riesen und belagerte sie. Den Eingang zum Turm, in den sich der Riese zurückgezogen hatte, ließ der Markgraf über Nacht zumauern. Weil nun Erkinger weder sich ergeben noch verhungern wollte, so machte er seinem Leben selbst ein Ende, indem er sich von dem hohen Turm herabstürzte. Noch lange Zeit bewahrte man das Kleid, einen Hosenträger und einen Schuh des Riesen in einer Kapelle auf, die die Riesenkapelle hieß und in Hirsau stand.

Nach Meier.

Graf Hubert von Calw.

Vor vielen Hundert Jahren war zu Calw ein Graf, der besaß großen Reichtum und lebte immer herrlich und in Freuden, bis er eines Tages zu seiner Gemahlin sagte: »Soll ich nicht ganz und gar verloren gehen, so muss ich auch lernen wie es tut, wenn einer arm ist.« Deshalb legte er ein schlechtes Kleid an, nahm Abschied von seiner Gemahlin und wandte sich gegen die Schweiz. Hier wurde er in dem Dorfe Weißlingen Kuhhirt und hütete die ihm anvertraute Herde mit allem Fleiß auf einem Berge, und obwohl das Vieh gedieh und fett ward, wurde er doch von den Bauern nach einigen Jahren seiner Dienste entlassen, weil es sie verdross, dass er beständig auf dem nämlichen Berge werdete, hierauf ging er zurück nach Calw.

Aus seinem Schlosse schallte ihm Festmusik und Fröhlichkeit entgegen: denn die Besitzerin des Schlosses hatte sich heute neu vermählt. Er trat in die Hallen seines Schlosses und überschaute an einem Pfosten der Türe lehnend die Herrlichkeit und seine Gemahlin im hochzeitlichen Schmucke neben ihrem Bräutigam. Dann erbat er sich von der Braut ein Almosen und erhielt nach der Sitte der Zeit, welche arme Pilger ehrte, von den Speisen des Hochzeitsmahles aus der eigenen Hand seiner Gemahlin. Aber er wollte nicht essen, wenn ihm nicht seine Bitte um einen Trunk Weins aus dem Becher der

Edelfrau gewährt würde. Als er den Becher empfangen und ausgetrunken, ließ er heimlich einen goldenen Fingerreif, seinen Trauring, darein fallen, und ging, noch ehe der Diener den Pokal seiner Herrin zurückgebracht hatte, still von bannen und begab sich wieder nach Weißlingen. Hier vertrauten ihm die Bauern ihr Vieh aufs neue an, weil sein Nachfolger dies Amt indessen sehr schlecht versehen hatte, und behielten ihn als Hirten, solange er lebte.

Als der Graf aber sein Ende herannahen fühlte, eröffnete er den Leuten, wer er sei, und verlangte, sie sollten ihn nach seinem Tode von Ochsen hinausführen lassen, und wo diese stillstehen würden, begraben, auch daselbst eine Kirche bauen. – So geschah es hernach denn auch, und die Kirche über dem Grabe wurde nach seinem Namen Obert oder Hupert, die »Sankt Hupertskirche« genannt. Dahin wurden später Wallfahrten angestellt und zu seinem Gedächtnis Messen gehalten, und ein jeder Bürger von Calw, der dort vorbeigeht, darf an die Türe anklopfen oder um etwas bitten.

Nach Meier und Zimmermann.

Kaiser Konrad II. und das Müllerskind.

Im Jahre 1024 wurde Konrad, Herzog von Franken, zum deutschen Kaiser gewählt. Der gebot, wer den Frieden im Reich bräche, dem solle man sein Haupt abschlagen. Das Gebot übertrat ein schwäbischer Graf, Luipold von Calw. Da nun Kaiser Konrad ins Land kam, fürchtete sich Luipold vor seinem Zorn, entwich mitsamt seiner Gemahlin in den Schwarzwald und verbarg sich in einer öden Mühle, nicht weit von dem Kloster Hirsau. Hier wollte er bleiben, bis seine Freunde des strengen Kaisers Gnade für ihn erwirkt hätten. Kaiser Konrad aber hielt sich längere Zeit im Lande auf, und da geschah es einstmals, dass er von ungefähr in der Nähe der Mühle jagte, in der sich der Graf mit seinem Weibe versteckt hielt. Dieser hatte aber kaum vernommen, wer in seinen Wäldern sich aufhalte, da meinte er nicht anders, denn der Kaiser suche ihn, und floh in großer Angst eilig aus der Mühle in den tiefen Wald hinein und ließ seine Frau allein zurück. Während nun der Kaiser sich der Mühle näherte, bekam die Gräfin ein Kind, und der Kaiser hörte eine wundersame Stimme, die sprach: »Auf diese Stund ist hier ein Kind geboren, das wird einst deiner Tochter Mann werden.« Darüber erschrak der Kaiser sehr; denn er wähnte nicht anders, denn dass die Frau in der Mühle eine Bäuerin wäre. Und er gedachte, wie er dem zuvorkommen möchte, dass seine Tochter mit einem Bauern verbunden würde. Darum schickte er zwei seiner Diener in die Mühle, dass sie das Kind der Frau wegnehmen und im Dunkel des Waldes töten sollten. Und um desselben Todes desto gewisser versichert zu sein, befahl er, dass man ihm des Kindes Herz bringe. Die Diener mussten dem Kaiser gehorchen, entrissen der jammernden Mutter das Knäblein und trugen es in den Wald. Sie waren aber gottesfürchtig und wollten das Kind nicht töten, zumal es ein gar hübsch Knäblein war, und legten es in die Gabel zweier mit den Stämmen zusammengewachsener Bäume, damit es vor den wilden Tieren sicher wäre und von Vorübergehenden desto besser gesehen werden möchte. Dann fingen sie einen Hasen, schnitten ihm das Herz aus dem Leibe und brachten dies dem Kaiser. Der warf es den Hunden hin und meinte, er wäre nun der Stimme der Weissagung zuvorgekommen.

Um diese Zeit jagte der Herzog Heinrich von Schwaben auch in diesen Wäldern und fand das ausgesetzte Knäblein. Und da er sah, dass es ein neugeborenes Kind war, da brachte er es heimlich heim zu seiner Gemahlin. Die war kinderlos und ließ sich von ihrem Gemahl gerne bereden, das Knäblein als ihr eigen natürlich Kind anzunehmen, »Es ist ja ganz offenbar,« sprach der Herzog, »dass es mir vom lieben Gott geschickt worden ist,« Sie sagten also niemand etwas davon, wie sie zu dem Kind gekommen waren, ließen aber ausbreiten, dass die Herzogin einen Sohn geboren habe. Das Kind wurde getauft und Heinrich geheißen und ward allenthalben für einen jungen Herzog von Schwaben gehalten.

Und das Kind wuchs, und da es groß war, wurde es gesandt an den Hof des Kaisers Konrad, der sich damals in Schwaben und Bayern aufhielt, Gericht zu halten. Und der Kaiser gewann den jungen Herrn seiner Weisheit und Höflichkeit wegen lieb und ließ sich häufiger von ihm bedienen als von den andern Junkern. Darob wurde er viel beneidet.

Und es geschah, dass man das Gerücht vor den Kaiser brachte, dass der Junker Heinrich nicht ein rechter Herzog von Schwaben wäre, sondern ein geraubt Kind. Da das der Kaiser vernahm, da gedachte er daran, dass die Herzogin von Schwaben zuvor stets kinderlos gewesen, und er rechnete dem Alter des Junkers nach und kam in eine große Furcht, dass er am Ende der wäre, von dem die Stimme bei der Waldmühle geredet und den er zu töten befohlen hatte. Und er wollte dem abermals zuvorkommen, dass dieser seiner Tochter Mann würde, und schrieb einen Brief nach Aachen an seine Gemahlin, die Kaiserin, darin stand: »So wahr Dir Leib und Leben lieb ist, gib dem, der diesen Brief Dir überbringt, unverzüglich den Tod.« Darauf verschloss er den Brief und übergab ihn dem jungen Heinrich, dass er ihn der Kaiserin überantworte und niemand anders. Der machte sich gutes Muts auf den Weg gen Aachen. Unterwegs aber blieb er in Speier zur Herberge bei einem gelehrten Priester, der des Herzogs von Schwaben Haus eng befreundet war. Und da sich Heinrich zur Ruhe begab, so vertraute er seinem Hauswirt der Sicherheit wegen die Tasche, darin der Brief und andere Dinge lagen. Neugierig gemacht durch das, was der junge Heinrich in seiner Offenheit gesprochen, trieb es den Priester zu erfahren, was wohl die dringende Botschaft an die Kaiserin sein möchte. Und er öffnete den Brief fürsichtiglich, und da er nun im Schreiben erkannte, dass die Kaiserin den Jüngling sollte töten lassen, so änderte er des Kaisers Schreiben gar sein und säuberlich, dass es also lautete: »So wahr Dir Leib und Leben lieb ist, gib dem, der diesen Brief Dir überbringt, unverzüglich Deine Tochter zur Frau.« Alsdann schloss er den Brief wieder zu mit dem Siegel, sodass alles war wie zuvor. Am andern Morgen zog Heinrich weiter. Als er nun gen Aachen gekommen war und der Kaiserin den Brief übergeben hatte, da tat diese sogleich wie ihr befohlen und gab dem jungen Herzog ihre Tochter zur Frau.

Bald kam die Märe davon vor dem Kaiser. Der wurde zuerst sehr zornig. Als er aber durch den Herzog von Schwaben und durch die Knechte, die ihn ehedem begleitet hatten, erfuhr, dass der junge

Herr, von dem ihm die Stimme geweissagt hatte, von Graf Luipolds Weib in der Mühle geboren worden war, da rief er aus: »Nun merk ich wohl, dass Gottes Ordnung niemand widerstehen mag!« Und er machte seinen Tochtermann zum Herzog von Alemannien. Als nun Kaiser Konrad gestorben war, da wurde Heinrich sein Nachfolger. Er war einer der mächtigsten und kräftigsten Herrscher, die je einen Thron geziert haben.

Nach einer Sage des Chronisten G. v. Viterbo.

Krimhilde von Waldeck.

Auf der Burg Waldeck im Nagoldtal, eine Stunde oberhalb Calw, herrschte im Herbst des Jahres 1284 keine frohe Stimmung. Der Besitzer, der sonst fast jeden Tag wohl bewaffnet auf seinem mutigen Rosse in das Nagoldtal hinabgesprengt war, ließ sich den ganzen Oktober hindurch nicht blicken. Auch von seiner Tochter, der lieblichen Krimhilde, war trotz des schönsten Herbstwetters weder in den prächtigen Waldungen noch in dem nahen Dorf Altbulach, wo sie jedes Kind kannte, etwas zu sehen. Die Zugbrücke blieb sorgfältig aufgezogen und das starke Tor geschlossen. Der Wächter aber befand sich Tag und Nacht auf seinem Posten, der Plattform des festen Turms, und ließ seine Blicke vor allem nach Osten schweifen. Es war nichts Gutes, das er seinem Herrn zu melden hatte. Die nächtliche Röte am Himmel zeigte an, dass der Kaiser Rudolf von Habsburg nicht mehr fern und ein strenger Richter sei. Rudolf billigte keineswegs den Grundsatz: »Rauben und Stehlen ist keine Schand, es tun's die Edelsten im Land,« sondern er sagte: »Bleibe im Lande und nähre dich redlich.«

Wie sich der Herr von Waldeck zu diesem Gebot stellte, wusste man in Calw und anderen Städten ganz genau. Schon oft waren Kaufleute oder Wanderer, die friedlich die Straße dahinzogen, welche vom oberen Neckar her durchs Nagoldtal führte, überfallen und ihrer Waren beraubt, wohl gar auch in die feste Burg Waldeck geschleppt worden, wo sie so lange festgehalten wurden, bis ihre Angehörigen ein namhaftes Lösegeld entrichteten. Auf diese Weise war der Waldecker zu einem unermesslichen Reichtum gekommen. Seine Schätze verbarg er in einem Turm, der so tief im Boden steckte, als er darüber hinausragte.

Dieses Raubunwesen trieb der Herr von Waldeck und mit ihm noch mancher andere Ritter des Nagoldtales lange Jahre ungestraft. Denn es war kein Kaiser und Herrscher im deutschen Lande, der mit starker Hand diesen Stegreifrittern das Handwerk gelegt hätte. Als aber Rudolf von Habsburg von den Kurfürsten auf den deutschen Thron erhoben worden war, da zog er mit Heeresmacht durch die deutschen Lande und brach die Burgen der Raubritter, und mancher hochadelige Räuber starb am nächsten besten Baum einen unrühmlichen Tod durch den Strick. Dem Waldecker ging es nicht besser als seinen Genossen. Seine Feste wurde in Asche gelegt. Die Sage berichtet, dass des Ritters Tochter dabei den Tod in den Flammen gefunden habe, und als die Zerstörer der Burg im Abziehen noch einmal zurückgeschaut, um sich am Anblick der fallenden Türme zu weiden, da sei aus den lodernden Flammen eine silberne Schlange mit güldener Krone aufgestiegen.

Seither hütet Krimhilde in der Gestalt einer Schlange oder einer Jungfrau mit goldenen Haaren den unermesslichen Schatz des Schlosses. Wer in der Christnacht es wagt, Krimhilden zu erlösen, bekommt zum Lohne die verborgenen Reichtümer.

Des Talmüllers dreijähriges Töchterlein kam einmal in die Nähe der alten Burg. Es setzte sich mitten auf den Fußweg zur Schlange und streichelte sie. Das Tier tat dem Kind nichts zuleide und huschte bald hernach ins Gebüsch. Etliche glänzende Schuppen waren der Schlange ausgefallen. Das Mägdlein hob sie auf und trug sie frohgemut nach Hause. Als das Kind zu Bette ging, legte die Talmüllerin die Schuppen in ein Schächtelein, damit das Kind des andern Tages wieder damit spielen könnte. Über Nacht wurden die Schuppen in lauter schwere Dublonen (Goldstücke) verwandelt.

Am heiligen Abend kehrte ein armer Schuhmachergeselle von Kuppingen zurück, um Weihnachten in seinem Heimatort Sommenhardt zuzubringen. Er verirrte, rutschte bei dem Glatteis über eine Felswand hinab und verlor sein Felleisen. Wie er wieder auf den rechten Weg kam, lief ihm die weiße Gräfin entgegen. Als er ihr treuherzig sein Leid klagte, führte ihn die Jungfrau zur zerfallenen Burg, gab ihm zwei von ihren Goldhaaren und bestellte ihn auf den andern Tag in das Gemäuer. Da schlug die Kirchenuhr von Altbulach ein Uhr und die Gräfin verwandelte sich plötzlich in eine Schlange. Der Geselle lief vor Angst davon und kam in die Talmühle, wo er freundlich aufgenommen wurde. Die zwei Haare der weißen Jungfrau hatten sich in des Schuhmachers Brieftasche in zwei goldene Borten verwandelt, jede 20 Ellen lang. Die Talmüllerin merkte gleich, wo der Has im Busch lag, und klärte den Gesellen über seinen Reichtum auf. Sie gab ihm für eine der Borten 6 Dublonen. Der Schuhmacher kam glücklich bei den Seinigen an, hat aber die weiße Gräfin seitdem nie wieder gesehen.

Aus verschiedenen Quellen.

Sagen aus Nagold

Gräfin Imma und Gerolts Schatz.

Vor vielen, vielen Jahren bewohnte das Schloss Hohennagold der reiche und mächtige Graf Gerolt, dessen Schwester an Karl d. Gr. verheiratet war. Eben dieser Kaiser schickte den Grafen nun wegen seiner erprobten Tapferkeit ins Bayernland, um es gegen die Avaren zu verteidigen. Ehe aber Graf Gerolt dorthin zog, ließ er tief in den Schlossberg hinein ein Gewölbe bauen und alle seine Schätze dorthin schaffen. Den goldenen Schlüssel zu der Türe übergab er seiner Tochter Imma. Nach vielen Jahren, als alle die um das Geheimnis von dem Gewölbe wussten, bis auf Imma gestorben waren, fiel der Graf in einer Schlacht gegen die Avaren und wurde auf der Insel Reichenau, die im Schwäbischen Meer liegt, begraben. Imma soll auf die Kunde von ihres Vaters Tod plötzlich gestorben sein. Ihr letztes Sinnen ging auf den verborgenen Schatz; darum sollte sie auch schweben, bis er gehoben würde.

Die Wunderblume.

Zur Winterszeit suchte einmal ein Mann dürres Holz auf dem Schlossberg. Da fand er eine wunderschöne Blume. Diese steckte er sich an den Hut, und als er diesen wieder herunternahm, weil er ihm auf einmal viel schwerer vorkam, hing ein goldener Schlüssel daran. Gleichzeitig sah er vor sich ein wunderschönes Edelfräulein. Das winkte ihm und deutete ihm an, er solle das Tor zu dem Gewölbe mit dem Schlüssel öffnen. Der törichte Mann aber lief voll Schrecken davon und ließ den Hut samt Schlüssel fallen. Wohl reute ihn später seine Torheit und immer wieder suchte er nach Blume und Schlüssel, doch vergebens.

Das verwunschene Fräulein.

Viele Jahre nach diesem Ereignis hatte ein Mägdlein einen Traum: sie solle zur Ruine hinauf gehen: dort werde sie ein verwunschenes Fräulein erlösen und viel Geld zum Lohn erhalten. Am andern Morgen zeigte es sich, dass ihre Schwester den gleichen Traum gehabt hatte. So machten sie denn miteinander aus, gemeinsam zur Burg hinaufzugehen und die Erscheinung des Fräuleins abzuwarten. Wie aber dieses erschien, mit schneeweißem Kleid und klirrendem Schlüsselbund, den Kopf unterm Arm, da verließ die Mägdlein ihr bisschen Mut und laut kreischend flohen sie den Berg hinab. So ist der Schatz ungehoben geblieben bis auf den heutigen Tag.

Die Magd und der Graf.

Einst wohnte auch ein reicher und mächtiger Graf auf der Burg. Dieser aber drückte die Bürger gar sehr mit Abgaben, Fronen und dergleichen. Damals hauchte mancher Bürger im engen und dumpfen Raum des Burgverlieses, dem jetzigen Pulverturm, seinen Geist aus. Dieser Graf nun hatte ein schönes blühendes Kind. Einst kam es auch an den Wasser- oder Galgbrunnen. Neugierig ging es in den Turm hinein, da stürzte es in den tiefen Brunnen hinab. Glücklicherweise blieb es aber an einem aus der Mauer hervorgewachsenen Gesträuch hängen. Zufällig hörte jemand das Wimmern des unglücklichen Kindes.

Wer wollte es aber wagen, das Kind aus dieser Tiefe heraufzuholen? Zuletzt erbot sich eine Magd dazu. Sie ließ sich in einem Kübel hinunter haspeln und glücklich kam sie mit dem Kind in den Armen wieder herauf, hocherfreut machte ihr der Graf den Vorschlag, etwas zu wünschen. Da bat sie um die Befreiung ihres im Burgverlies schmachtenden Vaters, der seine Steuern nicht hatte bezahlen können. Entrüstet schlug der Graf diese Bitte ab und wies die Magd von sich. Aber schon nach einigen Tagen wurde die Burg belagert und erobert, hauptsächlich durch die Beihilfe der Bürger der

Städte, die seither von dem Grafen sehr geplagt worden waren. Der Graf wurde von den Bürgern getötet, der Vater dieser edlen Magd befreit.

Von der wüsten Urschel.

Auf Hohennagold hatte einst ein berühmter, vornehmer und eitler Graf seinen Sitz. Zu seinem und der Gräfin großem Leide, war sein einziges Kind, Ursula, im Volksmund »Urschel«, gar stiefmütterlich von der Natur ausgestattet worden. Von Vater und Mutter verachtet, vom Gesinde verspottet, wurde sie wegen ihres blöden Gesichtes die »wüste Urschel« genannt. Allein, wenn auch sehr gekränkt und betrübt durch eine solche Behandlung, trug sie dies doch alles still; daneben nahm sie sich hauptsächlich der Armen und Notleidenden der Stadt an und hat in den Hütten derselben manche Not gestillt und abgewendet. Sonst liebte sie am meisten die Einsamkeit. Täglich ging sie in den Wald, um dort ihr Leid zu klagen.

Ihr Lieblingsgang führte durch den oberen Schlossberg über das Härle hinab an die Nagold. Eines Tages nun fand man sie dort unten tot unter einem Felsen. War ihr Geist umnachtet, dass sie sich selbst den Tod gegeben? Man weiß es nicht. Das weiß man aber, dass die Armen und Notleidenden der Stadt lange Zeit um sie getrauert haben. Und von Stund an hieß und heißt dieser Ort, wo man sie gefunden, die »wüste Urschel« bis auf den heutigen Tag.

Köbele.

Der Werwolf in Thumlingen.

Aus dem Pferche des Orts wurde mehrmals eines der fettesten Schafe von einem Wolf entwendet. Dieser kam vom Dorfe her, brach in der Abenddämmerung ein, scheute den Schäfer nicht und eilte mit seinem Raub wieder zum Dorfe zurück.

Der erschrockene Schäfer zeigte die Sache an, aber da war niemand, der über den allgemein regen Glauben an Wolfsmenschen erhaben war, außer dem herrschaftlichen Jäger, der im Dorf seinen Sitz hatte. Dieser stellte sich insgeheim mehrere Abende hindurch auf die Lauer und sah dann einen ihm wohlbekannten Bürger des Orts daherkommen, unter einem auf dem Felde befindlichen Heuhaufen seine Kleider ablegen und dann zum Wolfe werden, der auf den Pferch zulief. Da empfing den Räuber eine volle Ladung aus der Jagdbüchse. Verwundet entrann der Angeschossene, und gefährlich verwundet lag am andern Morgen einer der Bürger des Orts in seinem Bette.

Nach Birlinger, Alemannia 1875.

Sage vom Hutzenbacher See.

Etwa dreiviertel Stunden oberhalb Schönmünzach liegt das Schwarzwalddorf Hutzenbach. Häuser und Höfe liegen weit zerstreut im Tal und an den Berghängen der Murg, wie die Tiere einer werdenden Almenherde.

In einem der bescheidensten Häuschen wohnte vor Jahren der »Friedersbauer« mit seinem Weibe. Die hieß »Käther« und war von den Leuten, die gerne ein Kind gehabt hätten, viel begehrt. Waren fleißige Leute der Frieder und seine Käther. Im Sommer gab's viel zu schaffen im Wald, auf der Wiese oder dem mageren Äckerlein. Im Winter saß der Frieder hinter dem Webstuhl, die Käther am Spinnrocken, und der klappernde Webstuhl, das schnurrende Rädchen und das knisternde Holzfeuer gaben alsdann eine herrliche Musik zusammen. Kein Wunder, dass der Frieder rasch vorwärts kam. Aber wer weiß, ob's so schnell gegangen wäre, wenn der Frieder nicht einen gar fleißigen Knecht gehabt hätte, einen Knecht, der dazu weder Lohn noch Essen und Trinken beanspruchte. Wenn nämlich des Nachts alles im Schlafe lag, dann kam ein kleines Männlein ins Haus, ging in den Stall und fütterte das Vieh, schnitt in der Scheuer Futter für die Kuh und die zwei Geißen, setzte sich des Winters wohl auch an den Webstuhl, und wenn der Frieder des Morgens erwachte, fand er ein gut Stück der Arbeit schon getan und ebenso gut und wohl noch besser getan, als wenn er's selber geschafft hätte. Der Frieder und sein Weib hatten wohl je und je das Männlein durch das Schlüsselloch der Kammer beobachtet, wie es so emsig das Schifflein des Webstuhls herüber und hinüber warf und hatten sich über das schlechte und zerrissene »Häs« (Kleidung) des alten Männleins bass verwundert, wagten aber nicht, es auch nur durch ein leises Wörtlein in seinem Geschäft zu stören. Als aber nun Weihnachten herankam, da sagte der Frieder zu seinem Weib: »Käther, ich mein, wir sollten dem alten Mannlein doch auch eine Freude machen, weil's uns immer gar so fleißig helfen tut. Was meinst du, wenn wir ihm vom Schneider Jakob ein neues »Häsle« machen ließen? S' ist bald eine Schand, wie zerlumpt und zottelig es daherkommt.«

Das Weib war ganz mit einverstanden und der Schneider machte für das kleine Männle einen Kittel, eine Weste und eine Hose, alles nach dem neuesten Schnitt, und der Friedersbauer legte des Abends den ganzen Anzug auf die Treppe hin und dachte: »Wird sich das Männle freuen!« und konnte es kaum erwarten, bis es vollends Nacht wurde. Aber als nun endlich das graue Männle kam und den Anzug da liegen sah, da weinte es und sagte leis: »Jetzt bin ich ausgezahlt und kann nimmer kommen!« nahm das Häs, ging traurig weg, und von da an hat der Frieder sein Sach allein schaffen müssen.

Nun mochte so ein und ein viertel Jahr vergangen sein, da saß des Frieders Weib allein am Spinnrad, dachte an dies und das und auch an das graue Männlein, das ehedem in ihrem Hause so fleißig hantiert hatte. Klopft es auf einmal an die Tür und herein tritt das Männlein und bittet gar inständig, die Käther möcht mit ihm gehen zu seinem Weible und ihm in seinen Nöten beistehen. Nie Käther war nicht wenig erschrocken, die weil aber das Männlein gar so herzlich bittet und ihnen jahrelang so viel Guts getan, steht sie auf, wirft ein Tuch um, nimmt eine Laterne und geht mit. Da führt sie das Männlein eiligst den Weg am Hutzenbach hinauf bis zum See. Ruhig glänzt der Spiegel zwischen den hohen Bergwänden im hellen Mondlicht. Das Männle nimmt eine Birkenrute und schlägt ins Wasser. Da teilt sich das Wasser und es wird eine steinerne Treppe sichtbar. Sie steigen ganz trocken hinab, das Männlein eilig voran, die Frau mit einigem Bangen hintendrein. Ein Schlag mit der Rute öffnet eine Türe. Sie treten ein und das Männlein führt nun die Frau an das Bett des Seeweibleins. Ganz erschrocken über die Pracht des Zimmers und über das zarte und kleine Seeweiblein steht Käther still. Aber bittend und errötend winkt das Seeweiblein. Das gibt der Frau Ruhe und Mut, und als sie endlich gar dem Seemännlein ein herzig liebes Mädchen in den Arm legen konnte, da kannte das Glück der Eltern keine Grenzen mehr. Mit Dankestränen in den Augen fragte das Seemännle, was es schuldig sei. Aber im Andenken an seine früheren Dienste weigerte sich Käther etwas zu nehmen. Da zog das Männlein wie vor Glück ganz in Gedanken versunken, Stroh aus seinem Bett und flocht einen Halm um den andern der erstaunten Käther um den Leib und die Arme. Das ließ diese ruhig geschehen, denn sie wollte das Männle nicht beleidigen. Dann führte das Seemännle die Käther wieder die Treppe hinauf und begleitete sie noch ein gut Stück Wegs gen Hutzenbach zu. Als aber die Frau wieder allein war, da machte sie einen Strohhalm um den andern los und warf ihn weg. Nur ein einziger Halm blieb an ihrem wollenen Tuch hängen. Als sie nun zu Hause ankam, da sah sie zu ihrem Erstaunen, dass ein glänzendes Stänglein in ihrem Tuch haftete. Der Strohhalm hatte sich in eitel Gold verwandelt. Eilends lief sie nun zurück, um die weggeworfenen Halme zu suchen: aber sie hat keinen mehr gefunden und das Männlein ist auch nicht mehr zu ihr gekommen.

Nach Meier.

Die Rotmäntel in Baiersbronn.

I.

In alten Zeiten, als im Murgtal bei Baiersbronn, Mitteltal und Obertal nur erst zerstreute Höfe lagen, kamen oftmals über den Ruhstein ins Tal der roten Murg wilde, große Männer. Die waren noch Heiden, gingen barfuß und hatten rote Mäntel um, daher man sie allgemein »Rotmäntel« nannte. An der Seite trugen sie ein langes Messer, womit sie jeden, der ihnen begegnete, hackten, auch wenn er ihnen nicht das geringste zuleide getan hatte. Auch warfen sie mit ihren Messern ziemlich weit auf die Leute und verwundeten sie. Weil aber die Messer an einer langen dünnen Kette befestigt waren, so konnten sie dieselben immer wieder zurückziehen und waren auf diese Art nie ohne Waffe. Die Rotmäntel hatten auch schon Gewehre, mit denen sie sicher schossen. Sie redeten auch eine fremde Sprache, die niemand verstand, außer der Lindenwirt in Baiersbronn, der »Lateinisch« konnte.

Die Rotmäntel waren ein gar böses und wildes Räubervolk. In kleineren Scharen, oft nur 10–20 Mann stark, brachen sie unversehens über die Höhen ins Tal herein, stahlen, raubten, mordeten, brannten und verschwanden dann ebenso schnell wie sie gekommen in den Wäldern. Meistens wählten sie zu ihren Überfällen den Sonntag, wenn die Leute in der Kirche waren. War es da ein Wunder, wenn kein Mensch im Murgtal sich sicher fühlte und Kinder und Frauen nie mehr, die Männer aber nur mit Axt oder Flinte bewaffnet in den Wald gingen! Man stellte auf den Türmen Wächter auf, die gaben mit der Glocke ein Zeichen, wenn sie die Rotmäntel auf der Höhe erblickten. Alsdann sammelten sich die Männer, um die Feinde zurückzutreiben, was denn auch öfters gelang, zumal wenn sie in kleineren Haufen erschienen.

Nun aber geschah es einmal an einem Sonntage, dass die ganze Mannschaft der Rotmäntel, 300–400 an der Zahl, in das Tal hereinbrach. Kaum hatten die Wächter die Feinde erblickt, da riefen auch schon die Glocken die Männer zusammen, und in großem Aufgebot zogen die Murgtaler dem gefährlichen Feind entgegen. Man gedachte aber diesmal den Räubern und ihrem Unwesen ein gründliches Ende zu bereiten, rückte dem Feind herzhaft zu Leibe, umzingelte ihn und begann kräftig zu schießen. Aber, o Wunder, auf beiden Seiten wollte kein einziger Mann fallen; denn die Rotmäntel waren alle kugelfest, und auch unsre Murgtaler hatten sich verwahrt und kugelsicher machen lassen, sodass sie die Kugeln wie Brosamen aus Busen und Ärmel schütteln konnten. Da holte man endlich von einem Hof ein altes, buckliges Bäuerlein,»das konnte mehr als Brot essen«.

Das sagte:»Lasset mich einmal zuerst allein schießen, alsdann mögt ihr drauf losknallen, so viel ihr nur wollt!« Sprach's, ging vor und nahm eine silberne Kugel, die eben der Hauptmann der Rotmäntel nach dem Bäuerlein geschossen, aus dem Busen, lud sie hurtig in sein Gewehr, zielte und puff! lag der nächste der Feinde im Blute. Darauf schossen auch die andern, und jede Kugel streckte nun einen Räuber zu Boden; denn der Zauber war gebrochen. Bald stand kein einziger Rotmantel mehr außer dem Hauptmann Schlotki. An dem prallten alle Kugeln der Bauern wirkungslos ab, und als sie endlich mit Gabeln, Sensen und Äxten auf ihn eindrangen, da wollte alles nichts helfen: denn er war gegen Schuss, Hieb und Stoß gefeit. Da nahmen sie denn den Schlotki endlich gefangen und banden ihm Hände und Füße.

Weil er aber auf gar keine Weise umzubringen war, so warf man den Räuberhauptmann endlich in die Murg und »beschwerte« ihn mit schweren Felsblöcken. Drei Tage lang lag Schlotki so im Wasser und ächzte und stöhnte und wand sich vor Schmerzen; aber sterben konnte er nicht. Er bot den Leuten ungeheure Summen, wenn sie ihn loslassen wollten; aber es war alles Bitten umsonst. Da er nun aber auf diese elende Weise nicht mehr länger leben wollte, so gab er selbst ein Mittel an, wie man ihn töten könne.»In meine linke Hand, am Daumen, und zwar in der Maus,« sagte er,»sind drei geweihte Hostien eingelegt und verwachsen. Die schneidet heraus, dass ich sterben kann.« Das tat man denn auch, und als die Hostien herausgeschnitten waren, verblutete sich Schlotki und starb. Die Murg aber floss drei Tage lang blutrot und hat seither immer noch eine rötliche Farbe behalten. Daher heißt man sie denn auch »die rote Murg«.

Nach Meier.

II.

In die Sage vom Schlotki und seinen Räubern ist ohne Zweifel eine geschichtliche Begebenheit aus dem Jahr 1678 verwoben, die wir im folgenden erzählen möchten.

Das 17. Jahrhundert war für unser gesamtes deutsches Vaterland eine Zeit unsäglichen Jammers.

Von 1618 - 1648 verwüstete die Furie des 30jährigen Kriegs alle Wohnsitze menschlichen Lebens, die sie mit ihrer Fackel erreichen konnte. Und kaum begannen die schweren Wunden zu heilen, die eine aus fast allen Nationen Europas zusammengesetzte Soldateska geschlagen, da rüstete sich französische Eroberungslust, sie wieder aufzureißen. Die zuchtlosen Horden des Königs Ludwig XIV erfüllten mit Raub, Mord und Brand unser schönes Schwabenland. Der Kaiser brauchte seine Truppen zum Kampf gegen die Türken, und als er endlich die lang ersehnte Hilfe schickte, da konnten die geplagten Einwohner mit vollem Recht sagen: Gott behüte mich vor meinen Freunden, vor meinen Feinden will ich mich schon selbst schützen. Ob Franzosen, ob Kaiserliche im Städtchen sich aufhielten: Der Bürger musste jedes Mal die Zeche bezahlen. So standen denn auch im Jahre 1678 kaiserliche Truppen auf dem Schwarzwald, um die Pässe gegen die eindringenden Franzosen zu bewachen. Den Unterhalt für das Heer mussten zum größten Teile die umliegenden Ortschaften liefern. Nun hätten zwar die Österreicher als gute Freunde den Bauern Vieh, Futter, Stroh, Mehl oder was sie sonst noch brauchten, bezahlen sollen, aber die Herren hatten meistens den Beutel zu Hause gelassen, wenn's ans Zahlen ging, und wenn die Bewohner sich weigerten, ihre sauer erworbene Habe unentgeltlich abzugeben, so handelten die Soldaten nach dem Wort: Und bist du nicht willig, so brauch ich Gewalt. Und die armen Bauern mussten sich's versehen, mit der blanken Waffe Bekanntschaft zu machen oder den roten Hahn aufs Dach gesetzt zu bekommen.

Kam nun da eines schönen Tages im August der Rittmeister Slotzky vom Hallweilischen Regiment mit 200 Reitern ins Murgtal bei Baiersbronn herangerückt, um zu »furagieren«, d. h. nach Nahrung für Roß und Mann auszuschauen. Der Schultheiß von Baiersbronn, ein entschlossener, mutiger Mann, der wusste gar wohl, was es mit dem Furagieren für eine Bewandtnis haben werde. Er ließ daher sofort die Sturmglocken läuten und bewaffnete seine wehrhaften Bürger in aller Eile mit Flinten, Picken, Sensen, Äxten, Mistgabeln, Dreschflegeln, wie's eben gerade bei der Hand war, und stellte nun sein »Heer« kriegsbereit in Reih und Glied vor dem Rathaus auf. Dem Slotzky aber lässt er sagen, dass gegen gute Bezahlung Furage genug vorhanden sei, gegen Gewalttätigkeiten aber werden er und seine Leute sich zu wehren wissen. Der Rittmeister aber lacht unmäßig über das Bauernheer und seinen frechen Anführer, und zur Antwort lässt er einige Scheuern anzünden, in die Wohnhäuser einbrechen, rauben, plündern, brennen. Entsetzen packt Weiber, Kinder und Greise. Aber der Schultheiß fährt wie ein Donnerwetter unter die Soldaten, und er und seine erzürnten Bauern schlagen, stechen, dreschen so wild drauf los, dass nach einer Stunde kein Reiter mehr am Leben ist, zwei oder drei ausgenommen, die in wilder Flucht davonreitend dem Obersten des Regiments die Kunde von der blutigen Selbsthilfe der Bauern überbringen. Der Oberst hätte nun gar zu gern an den Bauern Rache genommen; aber die Franzosen saßen ihm im Nacken und er musste sich zurückziehen. Aber wenn er auch nach Baiersbronn gekommen wäre, wer weiß, ob ihm der Schultheiß nicht denselben Tanz aufgespielt hätte wie dem Rittmeister Slotzky.

Nach Griesinger.

Der weiße Falke.

Unter den Rittern, die sich im Jahr 1036 aufmachten, um unter der Führung des Herzogs Gottfried von Bouillon Jerusalem und das heilige Grab den Seldschuken zu entreißen, war auch einer namens Kuno vom Stein. Bei seinem Abschied hatte er zu seinem Weibe gesagt: »In einem Jahre bin ich wieder bei dir oder ich bin tot und du brauchst nicht länger auf mich zu warten!« Allein der Weg vom Schwarzwald nach Jerusalem ist weit, und Sonnenbrand und Nachtfrost, Hunger und Durst hatten sich mit den Schwertern der Sarazenen verschworen, den Kreuzfahrern das Vorwärtskommen soviel als möglich zu erschweren. Wie oft, ach wie oft, gedachte Kuno der frischen Tannenwälder seiner Heimat, des schattigen Bernecktales, über dem sich seine Burg trotzig und kühn auf breiten Granitfelsen aufbaute, wenn Roß und Mann mit hängenden Köpfen in der Mittagsglut durch die Steinwüsten Kleinasiens zogen. Freilich den deutschen Schwertern konnte kein Feind widerstehen, und unter Kampf und Sieg rückte das Heer der Kreuzfahrer vorwärts bis vor die Mauern Jerusalems. Der Ritter vom Stein hatte sich durch seine Tapferkeit unter Freund und Feind einen Namen gemacht, und sein Knappe trug schon manches Kleinod, das Kuno der geliebten Gemahlin bald als Beute heimzubringen hoffte. Denn der Fall Jerusalems stand nahe bevor und alsdann gedachte sich Ritter Kuno sofort nach dem Abendland einzuschiffen. Doch der Mensch denkt und Gott lenkt. Bei einem Streifzug, den Kuno mit seinen Gefährten unternahm, um für die ausgehungerten Rosse Futter zu schaffen, gerieten sie in einen Hinterhalt. Wohl sank unter des deutschen Ritters Streichen mancher Ungläubige in den Sand; allein aus vielen Wunden blutend konnte er sich der Übermacht der Feinde bald nicht mehr erwehren: der gewaltige Hieb eines krummen Türkensäbels raubte ihm die Besinnung, und als er erwachte, befand er sich an Händen und Füßen gefesselt in Gefangenschaft. Seine Wunden waren kaum geheilt, so wurde er als Sklave verkauft. Und nun begann für den deutschen Ritter eine traurige Zeit. Sein Herr spannte ihn an den Pflug und ließ ihn das Feld umackern. Und wenn unter der harten Arbeit die Kräfte zu schwinden drohten, so zwangen Peitschenhiebe den Armen, sein Alleräußerstes dran zu geben. Und nach des Tages Jammer wartete seiner ein kärgliches Brot und eine harte Lagerstätte und manche in Schmerz und Heimweh verseufzte schlaflose Nacht. So kam nach und nach der Tag heran, an dem sein Abschied von Herd und Heimat sich jährte. In düsterem Brüten saß Kuno einstmals des Nachts auf seiner Strohschütte und gedachte seines fernen Weibes und seiner Abschiedsworte, da sah er eine dunkle Gestalt vor sich aus dem Boden wachsen, und ehe er noch vor Schrecken ein Wort hervorbringen konnte, hörte er's kichern und raunen: »Morgen früh wird's gerade ein Jahr, Herr Ritter, dass Ihr auszoget. Wie würde Selindis sich freuen, ihren Gemahl umarmen zu können!« Kuno seufzte. »Wozu so traurig, Herr Ritter,« fuhr die Gestalt flüsternd fort, »wenn Ihr nur wollt, so sollt Ihr morgen früh vor eurem Schlosse stehen! Ich vermag viel.« Kuno warf sich in wildem Schmerz vor dem Gespenst auf die Knie. »Wer du auch seist,« rief er flehend aus, »führe mich fort von dieser Stätte der Qual, und ich will dir ewig dankbar sein.« »Ich habe dir schon gesagt, ich will dich bis zum Tagesanbruch auf deine Burg zum Stein bringen, freilich unter einer Bedingung.« »Und diese Bedingung? Nichts soll mir zu viel sein!« antwortete Kuno hastig. »Sie ist lächerlich klein,« versetzte die Gestalt. »Wenn du während der Reise einschläfst, so bist du mein mit Seele und Leib; bleibst du wach, so verlange ich nichts von dir, weder Gut noch Geld, weder Leib noch Seele.« Einen kurzen Augenblick besann sich der Ritter. Dann sprang er auf und rief mit heiserer Stimme: »Topp, es sei! Führe mich!« »Sachte,« versetzte der andere, »unterschreibe erst noch, was wir bedungen haben mit deinem Blute.« Mit diesen Worten hielt der Schwarze dem Ritter eine Feder und einen Pergamentstreifen hin. Auf dem standen die Bedingungen der Fahrt. Kurz entschlossen riss Kuno eine der Wunden auf, die ihm die Peitsche seiner Peiniger geschlagen hatte, tauchte die Feder in das hervorquellende Blut und unterschrieb. Mit schlauem Lächeln sah der andere zu, wusste er doch, dass Kuno schon seit drei Tagen und drei Nächten nicht geschlafen hatte. Dann nahm der schwarze Geist den Vertrag zu sich, stampfte auf den Boden und auf stieg ein schwarzer Löwe mit wallender Mähne. »Sitz auf!« befahl die Gestalt. Und kaum saß der Ritter auf dem Rücken des Tieres, so sprang die Türe des Kerkers geräuschlos auf, und wie ein Drache durch die Lüfte schießt, so stieg der Löwe in die Höhe, und in rasender Eile und doch sanft gewiegt trug's den Ritter hin nach Westen über Länder und Meere. Wie nun der Ritter auf dem warmen Fell des Löwen, die Hände tief in der dicken Mähne so ruhig dahinfuhr, als säße er im weichen Pfühl, da überkam ihn eine unwiderstehliche Müdigkeit. Seine Lider sanken und sein Haupt neigte sich vornüber. Da schwirrte es plötzlich über seinem Kopfe hinweg und streifte sein fliegendes Haar. Erschrocken fuhr der Ritter auf, und in die Höhe blickend sah er einen mächtigen Falken über sich schweben. Dankbar erkannte er die ihm von Gott gesandte Hilfe. Aber nach etlichen Stunden wollte ihn der Schlaf abermals übermannen, sodass er die Augen schloss und sein Haupt auf die Mähne des Löwen sank. Da flog der Falke zum zweiten Mal heran und berührte mit weichem Schlag die Schläfe und die Stirne Kunos, sodass er sich schnell wieder aufraffte. Länder und Meere, Berge und Täler schwanden unter dem Reiter dahin. Aber wie sehr er sich nun auch anstrengte, wach zu bleiben, so drohte doch nach einigen Stunden zum dritten Mal der Schlummer Augen und Haupt niederzuzwingen; da erhielt er vom Flügel des Falken einen dritten heftigen Schlag ins Angesicht. Mit Entsetzen erwachte der Ritter aus seiner Betäubung und erkannte, welcher Gefahr er nun schon dreimal entronnen war. Da dämmerte in leichtem Grau der Morgen. In der Tiefe sah Kuno ein schwarzes Band dunkler Wälder. Der Flug des Löwen senkte sich zur Erde, und als eben der erste helle Streifen am östlichen Himmel sich zeigte, berührte der Ritter den geliebten Boden vor dem Tore seiner heimatlichen Burg. Der Pergamentstreifen fiel in zwei Stücke zerrissen vor Kuno nieder. Der schwarze Löwe war verschwunden. Zu gleicher Zeit aber erhob sich ein Heulen und Brausen in den Lüften, dass die Burg bis in die Tiefe der Felsen erbebte und die Tannen ächzend sich beugten. Als aber der erste Strahl der Sonne hinter den Bergen hervorbrach und die äußersten Zinnen der Burg vergoldete, da verstummte plötzlich das Unwetter. Der Ritter hob seine Augen auf und umsäumt vom goldnen Schimmer des Morgenlichts saß auf der höchsten Spitze des Turmes ein weißer Falke, der treue Warner des Ritters. Überwältigt vom Dank gegen den, der ihm den Falken gesandt, sank Kuno auf die Knie nieder und breitete seine Arme auf gen Himmel. Da erhob sich der weiße Falke von seinem Sitze und in immer weiteren

Kreisen stieg er in majestätischem Fluge empor, bis er in den grauen Wolken des Morgenhimmels den Blicken des Ritters entschwand. Und nun eilte Kuno seiner Gattin in die Arme. Zum Andenken an seine Rettung aber nahm Kuno vom Stein den weißen Falken in sein Wappen auf und nannte seine Burg und sein Geschlecht ihm zu Ehren Falkenstein.

Nach Schönhut.

Graf Ulrich und Wendegard.

Im Anfang des 10. Jahrhunderts war Konrad I König von Deutschland (911-918). Zu dieser Zeit hatte das Reich viel zu leiden unter den Einfällen der Ungarn, die auf ihren struppigen, schnellen Pferden in zahllosen Scharen das Land fast alljährlich überschwemmten, sengten, mordeten, raubten und plünderten. Bis sich endlich ein deutsches Heer gesammelt hatte, waren sie längst wieder verschwunden, hinüber bis ins Elsass, ja hinauf bis nach Bremen dehnten sie ihre Raubzüge aus und namentlich Bayern und Oberschwaben wurden von den wilden Horden schwer heimgesucht. In Buchhorn, am Ufer des Bodensees, da wo jetzt Friedrichshafen liegt, wohnten zu dieser Zeit Graf Ulrich und seine Gemahlin Wendelgard. Ulrich, ein Nachkomme Karls des Großen, war Herr des Linz- und Argengaues. Da geschah es, dass die Ungarn mit großer Macht heranritten, um die schwäbischen Lande mit Mord und Brand zu erfüllen. Graf Ulrich sammelte, so rasch er konnte, seine Dienstmannen und zog den Feinden entgegen, um seine Heimat zu verteidigen. Aber wie tapfer auch die schwäbischen Ritter fochten, es waren der Feinde zu viele. Von einem Pfeil schwer verwundet wurde Ulrich durch eine Schlinge, die die Ungarn trefflich zu werfen verstanden, vom Pferde gerissen und gefangen weggeführt. Seine Kampfgenossen hatten ihn vom Roß sinken sehen und hielten ihn für tot. So erhielt auch Wendelgard die Kunde, dass ihr Gemahl im Streit umgekommen sei und nicht mehr wiederkehren werde. In tiefem Schmerz über den Tod ihres geliebten Mannes beschloss Wendelgard, sich von der Welt zurückzuziehen, obwohl es der jungen und schönen Witwe an Freiern nicht fehlte. Sie ging nach St. Gallen, ließ sich in das Kloster aufnehmen und diente nun hier ihrem Gott mit Beten und Fasten. Alljährlich aber begab sie sich einmal nach Buchhorn zurück. Dort feierte sie das Gedächtnis ihres verlorenen Gemahls, indem sie an heiliger Stätte für seine Seele betete und die Armen der Umgegend reichlich beschenkte. So waren vier Jahre verflossen, und wieder war Wendelgard von St. Gallen nach Buchhorn gekommen. In großer Zahl drängten sich die Armen heran, um die Spenden aus Wendelgards Händen zu empfangen. Da zwängte sich ein zerlumpter Mann durch die Menge vor. Als ihm nun die Gräfin ein Kleid reichte, da fasste er plötzlich ihre Hand, drückte sie innig, zog Wendelgard zu sich heran, schloss sie, obwohl sie sich heftig sträubte, in seine Arme und küsste sie. Mit Geschrei stürzten sich die Umstehenden auf den frechen Bettler, und viele Fäuste und Stöcke erhoben sich, um ihn zu züchtigen. Der aber richtete sich hoch auf, warf seine langen Haare, die bisher sein Gesicht halb verdeckt hatten, zurück, und rief mit lauter Stimme: »O, lasst mich gehen! Ich habe der Schläge genug in der Gefangenschaft bei den Ungarn erduldet. Schaut her und erkennt den Grafen Ulrich, euren Herrn!« Beim Klang dieser Stimme erwachte Wendelgard wie aus einem Traum, sie erkannte das Angesicht ihres Gemahls und sank dem Totgeglaubten weinend an die Brust. Mit frohem Jauchzen wurden die beiden Gatten zum Gotteshaus begleitet, wo sie Gott für ihre Wiedervereinigung dankten.

Der Bischof Salomo von Konstanz entband Frau Wendelgard ihres Klostergelübdes. »Älter als das Gelübde, das sie als Nonne dem Kloster getan,« so sprach er, »ist das Gelübde, das sie ihrem Manne geschworen. Darum gebe man sie ihrem Manne zurück. Den Schleier aber hebe man im Kloster auf, damit sie ihn, wenn Graf Ulrich vor ihr sterben sollte, als Witwe wieder anlegen möge«. So geschah es. Und Ulrich und Wendelgard hielten zum zweiten Mal fröhliche Hochzeit, schenkten dem Kloster St. Gallen aus Dankbarkeit einige Güter im Rheintal und gelobten, wenn Gott ihnen noch einen Sohn schenken werde, so sollte er an der Mutter statt dem hl. Gallus geweiht sein. Wirklich bekam Wendelgard noch einen Sohn. Seine Geburt kostete der Mutter das Leben. Er wurde Burkhard geheißen, und als er der Pflege der Amme entwachsen war, brachte ihn sein

Vater ins Kloster nach St. Gallen, hier wurde er sorgfältig erzogen und erlangte seiner Vorzüge wegen später sogar die Würde eines Abtes.

Nach Crusius.

Die Sage von den Welfen.

Eines der ältesten und berühmtesten Geschlechter Schwabens sind die Welfen. Mit den karolingischen Kaisern eng verschwägert, treten sie schon ums Jahr 800 als machtvolles Geschlecht in die Geschichte ein, und durch all die Jahrhunderte hindurch haben sie sich, bald als Freunde, bald als Feinde ihres Kaisers, in der ersten Reihe der deutschen Fürsten gehalten. Wer kennt ihn nicht, den unseligen Schlachtruf: »Hie Welf, hie Waiblingen (Staufen)!« der vor Weinsberg im Jahr 1140 zum ersten Mal ertönte und als der grässlichste Misston durch die Regierungszeit der Staufenkaiser hindurchklingt? Vor dem mächtigsten seiner Vasallen, Heinrich dem Löwen, lag der große Kaiser Barbarossa flehend auf den Knien. Heinrich, damals Herr von Bayern, Sachsen, Lüneburg, Braunschweig, war ein Welfe. Und heute noch lebt das Geschlecht der Welfen fort in den regierenden Häusern von England und Braunschweig und in der entthronten Familie des einstigen Königs von Hannover.

Ihren Sitz hatten die Welfen ursprünglich auf der Burg Altdorf im Schussentale, aber schon im Jahr 1053 verlegte Welf II seinen Sitz auf den Veitsberg. Die Ravensburg (so hieß die Burg von da an) war eine der stärksten Burgen, die je ein württembergischer Gipfel getragen. Durch die boshafte Hand eines Barbiergehilfen wurde sie 1647 in Asche gelegt. Wie der Name der Welfen entstanden, darüber erzählt die Sage folgende Geschichte:

Zu den Zeiten Karls des Großen lebte auf der Burg von Altdorf Graf Isenbard. Er war einer der tapfersten und mächtigsten Herren des Reiches, deshalb gab ihm der Kaiser Irmentrud, die Schwester seiner Gemahlin, zur Frau. Als Irmentrud einmal von der Burg ins

Tal herabstieg, da begegnete ihr eine arme Frau, die der Himmel mit einem Häuflein Kinder beschenkt hatte. Die flehte die Gräfin inständig um ein Almosen an für sich und ihre hungernden Würmer. Irmentrud aber wies die Frau mit harten Worten ab und sprach: »Was tust du auch mit so viel Kindern? Wenn du keine ernähren kannst, so solltest du eben auch keine haben und hättest gar nicht heiraten sollen«. Das tat der Armen weh, und in ihrer Verbitterung rief sie aus: »So wünsche ich, dass Ihr 12 Kinder auf einmal gebären müsst, damit Ihr wisset, was Kindersegen heißt«. Und der Himmel, der nicht duldet, dass einem schwachen Armen Leid zugefügt wird, erhörte die Bitte des Weibes. Nicht lange darnach kam die Gräfin mit 12 Knaben nieder. Darob entsetzte sie sich gar sehr, und sie meinte nicht anders, denn dass der Graf, ihr Gemahl, sie verstoßen werde. Isenbard aber war gerade auf die Jagd geritten. Um nun ihre Schande zu verbergen, gab die Gräfin ihrer vertrauten Magd den Befehl, elf der Kindlein in einen Korb zu packen und in der Scherzach zu ertränken.

Die Magd lief, so schnell sie die Füße tragen konnte und war mit ihrer Last schon bis in die Nähe des Mühlbachs gekommen. Da wollte es Gottes Vorsehung, daß der Graf des Wegs geritten kam. Die Magd versuchte, rasch im Gebüsch zu verschwinden; aber Isenbard hielt sie an und fragte: »Wohin willst du so eilig? Was hast du in deinem Korb?« Schreckensbleich stotterte die Magd: »Ich trage elf junge Welfe (Hunde), die will ich in der Scherzach ersäufen.« »Lasst mich die Welfe sehen!« befahl der Graf, und als die Magd zögerte, da hob er selbst die Decke. Da sah er denn zu seinem Staunen elf kleine herzige Kindlein eng gedrängt nebeneinander im Korb sitzen. Voll Wut und Entsetzen über das unmenschliche Weib, griff der Graf nach seinem Schwert, da fiel die Magd vor ihm auf die Knie und erzählte die ganze Geschichte. Darauf ließ Isenbard ihr den Korb abnehmen, befahl ihr und seinem Gefolge tiefes Schweigen und hieß die Magd auf die Burg zurückkehren. Dort solle sie sich stellen, als ob sie den Auftrag der Gräfin ausgeführt hätte. Die elf Knäblein aber ließ Isenbard zu einem vertrauten Müller tragen, der in der Nähe an der Scherzach wohnte, empfahl namentlich der Müllerin die Kleinen zu sorgfältiger Pflege und verpflichtete sie zum Stillschweigen. Dann ritt er auf die Burg und stellte sich hocherfreut, als ihm die Gräfin mitteilen ließ, dass sie einem Sohne das Leben gegeben habe.

Die elf Kinder in der Mühle gediehen indessen alle vortrefflich. Als sie nun das 7. Jahr erreicht hatten, feierte Isenbard seinen Geburtstag im Beisein vieler angesehenen Gäste mit großer Pracht. Während des Mahles brachte der Graf wie zufällig das Gespräch auf verschiedene Verbrechen und fragte die Gäste der Reihe nach, welche Strafe sie jedes Mal als Sühne ansetzen würden, worauf dann jeder freimütig seine Meinung äußerte. So kam auch die Reihe an Irmentrud. Scharf blickte sie der Graf an und fragte: »Welche Strafe verdient wohl eine Mutter, die elf Kinder wie Welfe hat ersäufen lassen wollen.« Mit diesen Worten öffnete er eine Nebentüre und herein traten die elf Knaben, gesund und kräftig und festlich gekleidet. Die Gräfin aber, die wohl ahnte, was vorging, wurde schreckensbleich, warf sich dem Grafen zu Füßen und bat um Gnade. Die zwölf Söhne vereinigten ihre Bitten mit derjenigen der Mutter, und der milde Graf verzieh der reuigen Gattin ihre Schuld. Zum bleibenden Andenken aber nannte er den Sohn, den Irmentrud zurückbehalten, Welf.

Nach Buzelin und Meier.

Von den sieben Schwaben.

Wie der Seehas den Nestelschwab trifft.

Es war einmal im Jahr tausend und so und soviel vor oder nach der Geburt unsres Heilandes, da lebte zu Überlingen am schönen Bodensee der Seehas. Der war ein spintisierender Kopf und ein Düftele obenraus. Sein Leibspruch war: Das ärgste Geschäft ist auf Gottes Erde eben halt doch die Arbeit und die Füße sind dazu da, ihr davon zu laufen. Und darum zog er eines Tages aus seinem Vaterland und aus seiner Freundschaft und traf, da er der Nase nach ging und diese ihn an die Grenze des Schwabenlandes führte, unweit Freiburg im Breisgau den Nestelschwaben hinter einem Zaun, wo er etwas zu tun hatte, was zu wissen nicht gerade unbedingt nötig ist. Und es sah der Seehas, dass er statt der Knöpfe Nesteln trug und wusste nun auch, warum er gerade der Nestelschwab hieß. Und sie machten sogleich Bekanntschaft miteinander, wie ehrliche Schwaben zu tun pflegen. Der Seehas fragte den andern, was er für ein Landsmann sei. Jener sagte, er sei kein Landsmann, sondern ein Mähder, der das Heu heimzutun habe. Da merkte der Seehas sogleich, mit wem er es zu tun habe und ein solcher Bursche war ihm gerade recht. Er machte daher den Vorschlag, der andre möge um einen Batzen Wochenlohn sein Reisebegleiter werden, sein Bündel tragen und weiter nichts arbeiten. Nur wenn er, der Seehas, etwas erzähle, so solle der Nestelschwab immer sagen, dass es wahr sei und sonst nichts. Da sah der Nestelschwab, dass das ein leichter Dienst wäre und willigte ein. Nur meinte er, er wisse nicht, wann er sagen solle, ob's wahr sei oder nicht wahr. Darauf meinte der Seehas: »Das kann ich mir wohl denken, also merk Dir's, Nestelschwab, wenn ich sage »hott«, so bedeutet das, dass Du sagen sollst: »es ist gewisslich wahr«. Wenn ich aber sage »wist«, so darfst Du kecklich einen Meineid drauf tun, dass es nicht wahr ist. Hast Du's begriffen?« »Hatzi« nieste der Nestelschwab, »'s muss wahr sein, was Du da sagst und begriffen hab ich's auch. Und nun gehe ich mit Dir und trage Dein Bündel durch die ganze Welt und noch weiter.« Da zogen beide auf gut Glück und ohne zu wissen, ob sie gen Morgen oder gen Mitternacht wandern, aus und kamen zum *Gelbfüßler*, der in Bopfingen ansässig war.

Was sich beim Gelbfüßler zugetragen.

Man sagt den Bopfingern nach, dass sie einstmals, als sie dem Herzog die jährliche Abgabe, die in Eiern bestand, geben wollten, gar pfiffig zu Werk gegangen seien. Sie legten die Eier fürsorglich in einen Korbwagen, und damit recht viele hineingehen sollten, musste einer vom Stadtmagistrat die Eier eintreten. Und seit jener Zeit haben alle, die aus jener Gegend sind, den Spitznamen »Gelbfüßler« erhalten. Zu einem von diesen, der zu Bopfingen Nachtwächter war, kamen nun der Seehas und der Nestelschwab. Und wie es so geht: sie sprachen von allerhand. Unter andrem erzählte auch der Seehas, wie in seiner Heimat in dem großen Wald am Bodensee ein fürchterliches Tier hause, das tue Land und Leuten unsäglichen Schaden. Beschreiben könne man dieses Tier gar nicht; aber es sei so groß wie eine wilde Katze, jedoch weit gräulicher und scheußlicher anzusehen und Augen habe es im Kopf, so groß wie ein Kronentaler und Ohren habe es – – »Nicht wahr Nestelschwab?« Der Nestelschwab erwiderte aber nichts, denn er wusste nicht, ob er die Sache als wahr bekräftigen sollte oder nicht. Drum fragte er: »Wist oder hott?« – »hott«, sagte der Seehas und: »'s ist wägerle wahr!« bekräftigte der Nestelschwab die Aussagen seines Kameraden. Also fuhr der Seehas fort, in den Gelbfüßler zu dringen und ihn des gemeinen Besten willen zu beschwören, er möge ihm zu Rat und Tat sein und mit ihm in die schwäbischen Gaue hinausziehen, getreue Gespanen zu werben, damit das Ungetüm am Bodensee erlegt werden könne. Darauf sagte der Gelbfüßler: »Fechten kann ich zwar nicht. Wenn's aber mit dem Laufen getan ist, so kann ich dienen. Ich muss nur erst noch meine Stiefel anziehen.« Da war der Seehas froh. Er sagte, dass er solch einen Mann sich wünsche und nun schlug der Gelbfüßler ein. Darauf zogen sie weiter, dem Ries zu.

Vom Knöpflesschwaben und was sich weiterhin zugetragen.

Das Ries ist eine gute Gegend und die Leute dort sind wohlauf, was davon herkommen soll, dass dort zu Lande des Tages fünfmal gegessen wird, und zwar fünfmal Suppe und fünfmal Knöpfle mit Speck dazu. Daher die Leute dortselbst mit gutem Recht Suppen- oder Knöpflesschwaben genannt werden. Auch sagt man von ihnen, dass sie zwei Mägen, aber kein Herz hätten. Bei einem von diesen kehrten der Seehas, der Nestelschwab und der Gelbfüßler ein und ließen sich's wohl sein und nachdem sie auf Unrechts Kosten acht Tage sich gütlich getan, rückte der Seehas mit seinem Anliegen heraus. Er erzählte von dem fürchterlichen Untier am Bodensee und wie er jetzt da sei, mutige Leute zu werben. Denn mutig müssten sie sein, hab doch das Tier feurige Augen im Kopf, die so groß seien wie ein Salzbüchsle und Ohren so breit und lang wie ein Nudelbrett und ein Maul, dass es fast zwei Rieser Knöpfle auf einmal fassen könne. »Hott oder wist?« fragte der Nestelschwab. »Hott«, rief der Seehas, und nun schwur der andre auf Ehr und Seligkeit, dass alles das eine gewisse Wahrheit sei. Der Knöpflesschwab aber war schier so helle wie ein Sachs und wollte den beiden nicht glauben. »Geht, Kerle,« sagte er, »ihr lügt wohl, dass man's greifen kann; aber da müsst ihr euch einen Langhoseten heraus suchen, verstandewu (*vous*)?!« Nun aber warf sich der Seehas in Positur, und so ernst wie ein Kapuzinerpater verschwor er sich: »Das Ungeheuer wächst und wird immer größer, je länger man es anstehen lässt, und wenn man gar noch länger wartet, so wird es am Ende so groß wie ein Pudelhund oder ein Kalb oder noch größer, und ich bitt' Dich daher um aller lieben Landsmannschaft willen, zieh mit und hilf mir weitere tüchtige Gesellen werben.« Da ließ sich der Knöpflesschwab erbitten. Und weil er sich besser darauf verstand, Knöpfle zu kochen als zu fechten, so packte er Häfen und Pfannen auf und zog mit den andern. Sie wendeten sich dem Donautale zu, denn dort wohnte in Ulm und um Ulm rum bei Wiblingen oder Langenau der » *Blitzschwab*«. Und wie's nur gehen kann, – der Schwab findet überall sein Glück, und unsre drei wandernden Helden treffen gleich beim ersten Einkehren im schönen Ulm den Blitzschwaben im Roten Ochsen an. Bei einer Maß vom besten Stoff tranken sie mit ihm in der Bauernstube Bruderschaft, und nun ging dem Seehas erst recht der Mund auf.

Vom Blitzschwaben und wie sie handelseins wurden.

»Du,« hub der Seehas alsogleich an, »los' einmal, was ich Dir zu sagen hab'! Droben am Bodensee da ist ein großer Wald, weißt. Und darin haust ein entsetzliches Tier, musst wissen. Und das ist so groß wie ein Mastochs und hat Augen im Kopf wie ein großer Suppenteller und einen Schwanz hat das Untier wie der leibhaftige Teufel.« »Hotz Blitz!« sagte der Blitzschwab. »Das Ding möcht' ich einmal sehen und ließe mich's gern einen Ulmer Gulden kosten, wenn's möglich wär'!« »Kost't nichts,« entgegnete der Seehas, »und wenn Du Kurasch hast, so kannst Du gleich mitkommen.« – »Hotz Blitz und elfe!« fluchte der Blitzschwab. »Kurasch für zwei, und schimpfen kann ich wie ein Rohrspatz, und gewiss und wahr lauft der Mastochs im Seewald oder was es ist oder wo es ist, davon, wenn ich einmal losleg'. Blitz und Hagel noch einmal!« Und nun zogen sie selb fünft weiter und kamen zum *Spiegelschwaben*.

Vom Spiegelschwaben und dem Algäuer und wie sie weiter zogen.

Zu derselbigen Zeit war es noch nicht Brauch, Schnupftüchlein oder Fazinetle bei sich zu tragen. Der Spiegelschwab brauchte statt dessen seinen Rockärmel, der hievon beim Sonnenschein wie ein Spiegel glitzte. Zu diesem kam nun der Seehas mit seinen Gesellen, und gleich erzählte er von dem Ungeheuer, das so groß sei wie ein Trampeltier und Augen habe wie Mühlsteine. Er bitte daher den Spiegelschwaben, doch mit Rat und Tat zur gemeinsamen Sache zu stehen. Da sagte aber der Spiegelschwab: »Rat kann ich geben, aber was die Tat anbelangt, da sieht es schief aus bei mir. Seht, Kameraden! Unter uns gesagt, werd ich nicht einmal mit meinem Weib fertig, die freilich sieben Häute hat wie eine Memminger Zwiebel. Diese, meine liebe Alte, möcht' ich schon gerne los werden und ziehe deshalb mit euch. Ich weiß aber noch einen, der fürcht't sich vor dem Teufel nicht und wenn er auf Stelzen daher käme. Was ist der Algäuer«. Das freute die andern und stracks Laufs gingen sie nun zum Algäuer. »Bygost,« sagte der, als er die furchtbare Geschichte mit dem Untier am Bodensee gehört hatte, »Bygost« da zieh' ich mit. Gott verlässt einen ehrlichen Schwaben nicht, Bygost!« Durch diese Reden bekamen auch die andern gewaltigen Mut, und sie schwuren sich nun in die Hand, als Freunde und Landsleute in allen Gefahren und Nöten zusammen zu stehen. »Aber ein Streitzeug müssen wir haben,« meinte der Seehas, und: »Bygost, recht hat er,« stimmte der Algäuer bei. »Ein Streitzeug müssen wir haben und ich wär' dafür, wir kauften uns eins beim Schmied in Ravensburg.« Und sie zogen nach Ravensburg, wo ein geschickter Waffenmeister war. Der führte die sieben Schwaben in seine Rüstzeugkammer, damit sich jeder einen Spieß oder sonst was auswählen könne. »Bygost!« sagte der Algäuer, »sind das auch Spieße? So einer wär' mir grad recht zum Zahnstührer. Meister, nehmt für mich nur gleich einen Wiesbaum mit sieben Mannslängen.« – »Potz Blitz!« sagte darauf der Langenauer, »Algäuer, mach' dich nicht zu mausig.« Da wurde der aber wütig und drohte seinen Kameraden ungespitzt in den Boden hineinzuschlagen; aber der Seehas stiftete Frieden, indem er den Vorschlag machte: »Gleich wie wir alle sieben für einen stehen, also soll für alle sieben auch nur ein Spieß gewählt werden, und der soll genau sieben Mannslängen messen, wie der Algäuer sagt.« Dies Wort fand Beifall, und der Waffenschmied machte sich sofort an die Arbeit. Indessen suchte sich jeder der Sieben noch ein besonderes Stück aus des Handwerkers Vorrat aus: der Algäuer einen Sturmhut, mit einer Feder drauf, der Knöpflesschwab einen Bratspieß, der Gelbfüßler aber Sporen für seine Stiefel, indem er meinte: »Die find nicht bloß gut zum Reiten, sondern auch zum Hintenausschlagen.« Der Seehas wählte sich einen Brustharnisch und dem Spiegelschwab leuchtete diese Wahl ein. Und er kaufte sich ein altes Barbierbecken, das band er sich auf seine untere Kehrseite, indem er sagte: »Hab' ich Kurasch und geh' ich tapfer voran, so brauch' ich keinen Harnisch. Geht's aber hinterfür und fällt mir die Kurasch in die Hose, dann ist der Harnisch am rechten Platz.« Und als nun der Spieß fertig war, und nachdem die sieben Schwaben wie ehrliche Leute alles bis auf Heller und Pfennig richtig bezahlt, auch als gute Christen bei St. Ulrich noch eine Messe gehört und zuletzt noch beim Metzger am Ulmer Tor gute Ravensburger Würste eingekauft hatten, zogen sie, den Spieß tragend, zur Stadt Ravensburg hinaus und ihres Weges weiter. Der Algäuer, der an der Spitze marschierte, stimmte sein Posthörnle an: der Seehas, der nach ihm kam, pfiff; der Blitzschwab sang: Spargele, Wargele; der Knöpflesschwab fuhr fort: Spätzle und Salat, und der Spiegelschwab, der Nestelschwab und der Gelbfüßler hörten zu. Sie waren aber schon eine Weile so kreuzfidel einhergegangen, da fiel's ihnen ein, dass zu überlegen wäre, welcher Weg nach dem Bodensee eingeschlagen werden sollte. Der Algäuer schlug vor, sie sollten dem Bussen zu gehen; das sei der höchste Berg im Schwabenlande, und wenn man den erstiegen habe, so sehe man den Bodensee ganz gut und könne nimmer fehlen. Der Gelbfüßler aber sagte, über das Gebirg zu gehen sei »unkommod«; man solle mit ihm an den Neckar gehen: der Neckar fließe in den Rhein und den Rhein aufwärts gelange man sicher zum Bodensee, »Hotz Blitz und Hagel!« fluchte nun der Blitzschwab. »Ein rechter Mann geht geradeaus, der Nase nach.« Da lobten ihn die andern und beschlossen, geradeaus zu gehen, vorüber an Brachenzell und Durlesbach der Schussen nach. Sie wateten durch das Flüßlein und kamen nun in einen großen Wald. »Ist das der Seewald?« fragte der Gelbfüßler, und sein Herz fing an, nach unten zu rutschen. »Nein,« antwortete der Seehas, »das ist er noch nicht,« und alle atmeten erleichtert auf bei diesen Worten und gingen wieder beherzt voran im Wald. Der eine pfiff, der andre sang und der dritte lachte laut vor sich hin, und so machten sie sich Mut in dem unheimlichen Schweigen des Waldes. Plötzlich aber stieß der Algäuer, der noch immer an der Spitze marschierte, einen markerschütternden Schrei aus; denn siehe, hart vor ihm lag mitten im Weg ein großmächtiger Bär. »Bygost!« schrie er, »Brüder, hebt euch! Ein Bär, ein Bär!« und damit rannte er dem Untier den Spieß mit Macht in den Leib. Doch der Bar rührte sich nicht, denn er war zuvor schon mausetot gewesen. Darob hocherfreut, sah der Algäuer stolz wie ein Held um sich, aber o Schreck! alle seine Kameraden lagen mäusleinstill am Boden. Vermeinend, er habe sie hinterrücks mit dem Spieß erstochen, fing er laut an zu lamentieren, und nun erst kam wieder Leben in die Gestalten, und als sie jetzt hörten, der Bär sei ganz tot, da sprangen alle vom Boden auf und stellten sich voll Freuden um das tote Tier herum. Der eine rupfte ihn beim Pelz und riss ihm ein Haar heraus, der andre spuckte ihm ins Ohr und ein dritter, der Seehas, steckte dem Untier gar die Hand in den Rachen, und kein einziger fürchtete sich mehr. Hierauf hielten sie Rat, was sie mit dem Leichnam anfangen wollten und nach langem Hin und Her beschlossen sie, dem Bären die Haut abzuziehen. Die sollte einst demjenigen werden, der sich bei der Erlegung des Bodensee-Ungeheuers am mannhaftesten halten werde. Einstweilen aber musste der Nestelschwab die Haut auf die Achsel nehmen und nachtragen.

Voll frohen Mutes marschierten die Sieben weiter und kamen immer tiefer in den Wald hinein. Das Dickicht wurde stärker, die Bäume standen zuletzt so dicht, dass sie mit ihrem langen Spieß kaum durchkommen konnten. Da geriet der Algäuer in eine gelinde Wut. »Bygost! durch müssen wir,« brüllte er, zog vorn am Spieß und rannte vorwärts gerade auf einen vor ihm stehenden Baum los. Bums, stockte der ganze Zug: denn der Spieß saß fest im Stamm, und o weh! zwischen dem Spieß und einem andern Stamm eingezwängt schnappte der Knöpflesschwab gar erbärmlich nach Luft. Zwar versuchten es die andern, ihren Kameraden aus der Klemme herauszuziehen. Aber der saß fest wie der Pfropf einer Champagnerflasche. Da kam dem Algäuer plötzlich ein großer Gedanke. »Bygost!« sagte er, »'s Teufels müßt' ich sein, wenn mir Gott nicht helfen tät.« Sprach's, spuckte in die Hände, packte den Baum des Hindernisses mit gewaltigen Armen, schrie noch mal: »Hui, Ochs!« und riss ihn heraus mit Wurzel, Stumpf und Stiel. Der Knöpflesschwab fiel tief atmend befreit ins Moos, und gar ehrerbietig guckten die andern auf ihren Anführer. Nachdem der Algäuer auch den Spieß herausgezogen, marschierten die sieben Schwaben weiter.

Wie die sieben Schwaben einen Bayern zwiebelten und was ihnen ein Waldbruder sagte.

Sie waren noch nicht weit gegangen, da kam ihnen ein Mensch in den Weg, ein gar absonderlicher vor andern. Es war ein Bräuer aus München mit einem stattlichen Bauch gleich einem Bonzen; denn er war gewöhnt, täglich seine vierzig Halbe zu trinken und ein Schlaftränkle dazu. Der blieb am Weg stehen, ließ die Spießmänner an sich vorbeiziehen und lugte ihnen nach wie eine Algäuer Kuh dem Heuwagen. Er hatte offenbar nicht geringe Lust, die Sieben ordentlich auszulachen. Der Blitzschwab merkte das, fasste Mut und schrie er den Bräuer an: »Was guckst du so? Hotz Blitz! Hast du noch nie einen Schwaben gesehen?« worauf jener unter Lachen zur Antwort gab: »O ja, bei mir daheim auf der Malzdarre gibt's Tausende und mehr als den Leuten lieb ist.« – »Hotz Blitz, Malefiz!« fuhr da der Blitzschwab auf, und alle sieben machten Miene, dem Bayern auf den Leib zu rücken. Der aber hielt sich den Bauch und schüttelte sich immer mehr vor Lachen: »Ihr Schwaben, wenn ihr mir nicht sieben Schritt vom Leib bleibt, so spritze ich euch Insektenpulver unter die Nase und hin seid ihr.« Auf solch ein gottlos Wort hin sprang der Gelbfüßler, der gegen den Bayern freilich ein Zwerg war und diesem kaum an die unterste Rippe reichte, zu dem Lästermaul hin, und eh sich's der Bayer versah, war ihm das Schwäblein ins Gesicht gejuckt und hatte ihm eine so wetterliche Ohrfeige spendiert, dass dem Münchner das Feuer aus den Augen schoss und er am helllichten Tag ein ganzes Firmament von Sternlein vor sich tanzen sah. Der Bayer natürlich nicht faul, langte mit dem Arme weitmächtig aus, um dem Schwäblein auch eins zu versetzen, und es wär' auch eine Watschel geworden, an die der Gelbfüßler zeitlebens gedacht hätte. Weil aber der Schwab ebenso geschwind wieder auf dem Boden war wie in der Luft, so schlug der Bräuer in den Wind hinein, also dass er das Gleichgewicht verlor, sich um und um drehte wie ein Kreisel und zuletzt auf den Boden plumpste, wie ein Mehlsack. Jetzt aber fielen die Schwaben über ihn her wie Gänse über einen Apfelbutzen. Es trommelte nur so auf dem Bierbauch und die Schläge fielen hageldicht. Da bat der Bayer de- und wehmütig um Gnade, und endlich ließen sie ihn auch großmütig laufen. Aber die Strafe für ein so gottlos Benehmen folgte den Schwaben auf dem Fuße nach. Denn wie sie so die Kreuz und Krumm durch den Wald zogen, kamen sie ohngefähr bei Durlesbach zur Klause eines Waldbruders. Der saß vor seiner Türe und betete emsig den Rosenkranz. Die sieben Schwaben blieben also stehen und zogen ihre Schmerkäpplein. Und einer bat, der Einsiedler möchte ihnen den nächsten Weg zum Seewald weisen, allwo das fürchterliche Untier hause, das sie erlegen wollen. Der Klausner sagte eine Zeit lang nichts und horchte nur. Endlich aber, als sie immer schärfer in ihn drangen, wurde es ihm doch zu dumm. »Den Weg soll ich euch weisen, ihr Landfahrer!« schrie er sie an. »Wartet! Die Schellen will ich euch stimmen, ihr Schalksnarren! Die Federn will ich euch schneiden, ihr Fatzvögel, den Grind will ich euch waschen, ihr Fastnachtsbutzen.« Da merkten die sieben Schwaben, dass der Klausner trotz Rosenkranz und englischem Gruß doch recht grob sein könne, und als der Seehas anheben wollte, von dem Ungeheuer zu erzählen, da fuhr ihm der Waldbruder in die Rede: »Ach du lieber Gott im Himmel! Was für höllische Lumpen hast du auf Erden. Wahrlich, du lieber Herrgott, du lieber; du hast einen großen Tiergarten hier unten. Laufen die sieben Kerle da zusammen herum im Reich, zu Schand und Spott des Schwabenlandes und der Christenheit. Gibt's denn nichts Nützlicheres mehr zu tun in der Welt für solche Kalfakter, wie ihr seid? Fort mit euch, ihr Vagabunden, ihr Lyranten, ihr Komödianten!« – ‚Hotz Blitz und Hagel!' sagte der Blitzschwab und »Bygost« der Algäuer, und dann machte er rechtsum mit dem Spießbaum und zog die Sechse nach. Da sagte der Nestelschwab: »Wisst! Ich glaub' der Waldbruder weiß Gottes Wort.« Aber die übrigen hörten nicht auf ihn, sondern zogen weiter.

Wie die sieben Schwaben schwimmen, ohne im Wasser zu sein.

Von Durlesbach aus kamen sie nach etlichen Tagen in die Gegend von Meckenbeuren und Tettnang. Dort verirrten sie sich bald in den Hopfengärten, und das ist eine wahrhaftige Geschichte. Da sagte der Algäuer: »Bygost! es ist ein Ding. Haben wir keinen Weg, so machen wir uns einen, die Argen werden wir doch finden, und dann wird die Brücke nicht weit davon sein.« Und so zogen sie denn fort über Stock und Stein und wussten nicht, wo sie waren und wo sie hinkamen. Dabei waren sie aber doch hellauf und guter Dinge und sangen und jauchzeten. Und es wurde dämmerig und die Nacht brach herein. Da standen die sieben Gesellen plötzlich an einem Abhang und unter sich sahen sie, so deuchte es ihnen, einen Streifen Wassers, der im Winde leichte Wellen schlug. »Bygost!« rief der Algäuer, »das ist die Argen, die kenn' ich ganz genau.« »Hotz Blitz!« sagte da der Blitzschwab, »was ist da zu machen? Da müssen wir hinüber.« »Algäuer, mach du den hl. Christophorus und trag uns hinüber, du bist der längste von uns,« meinte der Seehas. »Bygost,« antwortete der Algäuer, »ins Wasser ging' ich wohl, wenn's nicht tiefer ging' als bis an den Hals.« Der Nestelschwab griff nach seinen Hosen, um sie festzuhalten, damit sie ihm nicht entfielen, dieweil er mit der andern Hand schwimmen täte. Der Knöpfleschwab lugte scharf ins Wasser, ob sich kein Hai, Walfisch oder Krokodil zeige, und so standen alle verlegen, bis der Blitzschwab mit den Worten: »Frisch gewagt ist halb geschwommen« dem Nestelschwab und dem Gelbfüßler einen Stoß gab, dass beide hinunterpurzelten. Da die andern sahen, dass die zwei nicht untersanken, sprangen sie nacheinander alle hinten drein, zuletzt der Algäuer mit dem Spieß.

Wie sie aber so drunten lagen wie Holzblöcke und ihnen alle Rippen weh taten, da merkten sie, dass das vermeintliche Wasser ein Feld blauen Flachses war, das gerade in der schönsten Blüte stand. Da lagen sie nun eine geraume Weile und vergaßen das Aufstehen. Endlich erhoben sie sich, fischten ihren Spieß aus dem Feld und zogen querfeldein weiter. Keiner sagte ein Wort, denn die Knochen schmerzten sie noch vom Sprung ins Flachsfeld. Es war vollends Nacht geworden und der Mond kam hell leuchtend hinter den Wolken hervor. Da wurde es dem Spiegelschwab ganz wunderlich ums Herz, grad wie daheim, und er rief fröhlich: »Jetzt ist's gewonnen, Memmingen ist nicht mehr weit.« Lugt ihn der Blitzschwab verwundert an und fragt, woher er denn das wissen könne. Da meint der Spiegelschwab pfiffig: »Ha, ich werde doch auch den Memminger Mond kennen.« Darob lacht jener, dass ihm das Wasser aus den Augen rinnt und schreit: »Hotz Blitz! Bist du aber stockdumm.« Nun vertrug zwar der Spiegelschwab einen derben Puff, aber für dumm gelten wollte er nicht. Kaum hatte daher der Blitzschwab den Mund zugemacht, da hatte er vom Spiegelschwab auch schon eine Maulschelle. Und nun fuhren die beiden aufeinander los wie Metzgerhunde und prügelten sich, bis endlich der Seehas den Algäuer bat, Frieden zu stiften. Der ließ sich nicht lange bitten, packte mit der einen Hand den Blitzschwaben am Hosenbündel, hielt ihn hoch in der Luft, dass er zappelte wie ein Frosch, packte mit der andern Hand den Spiegelschwab im Genick, dass er die Ohren hängen ließ wie ein Hase, wenn ihn der Hund zwischen den Zähnen hat. »Bygost!« schrie der Algäuer, »ich will euch Mores lehren, ihr donderschlechtige Strohkerle!« Schüttelte den einen, würgte den andern, bis sie hoch und heilig versprachen, Frieden zu halten und gut Freund zu sein bis in den Tod. Da zogen sie nun weiter, und nicht lange, so kamen sie ans wirkliche Flussbett der Argen, die sah im Mondlicht aus wie ein weißer, silberner Streifen gleich einer Poststraße. »Heida!« rief der Blitzschwab lustig. »Jetzt sind wir endlich an der Landstraße und nun können wir lustig fürder schreiten.« Er sprang also auf den Silberstreifen zu, den er für die Landstraße hielt und plumps! lag er im Wasser und hinter ihm drei andere. Ein Glück, dass diesmal der Algäuer ziemlich weit hinten am Spieß ging. So konnte er festen Stand halten und die andern am Schaft herausziehen. Die schnappten nach Luft und versicherten, sie würden nun bei der Nacht keinen Schritt weiter gehen. Also legte man sich nieder und schlief, und schlief ein Loch in den Tag hinein. Als sie aufwachten, war es bereits um die Mittagsstunde und sie befanden sich richtig am Ufer der Argen.

In der Nähe war eine Brücke und über diese marschierten sie nun im Gänsemarsch, denn sie wollten auf einen Berg gelangen, der zwischen Hemmigkofen und Betznau aufragt. Der Seehas behauptete, dass man von dort aus schon den Bodensee sehen müsse und den Wald, in dem das fürchterliche Ungeheuer hause. Da waren sie alle gespannt und ihre Herzen schlugen hörbar an die Rippen. Sie erklommen die Anhöhe und wie aus einem Munde riefen sie nun: »Uh, sell des Wasser!« »Das ist der Bodensee,« belehrte der Seehase, der das wissen musste, weil er ja in Überlingen daheim war.

Da sperrten die Sechse Mund und Nase auf, denn ein solches Wasser hatten sie in ihrem Leben noch nie gesehen. »Bygost,« schrie der Algäuer, »das ist eine Lach'!« Der Gelbfüßler aber fragte, ob über dem See drüben auch noch Leute wohnen, oder ob dort die Welt mit Bergen verbaut sei. Am allerverwundertsten aber tat der Knöpflesschwab. Er meinte: »Wenn man den See ausschöpfte und machte einen Teig darin an wie in einer Mulde und backte aus dem Teig Knöpfle, da hätt' ein Mann gewiss und währle zu leben davon bis an sein seliges Ende.« Und während sie so gafften und sich in allerlei müßigen Reden ergingen, setzte sich der Seehas nieder und erklärte ihnen alles und log fast gar nichts dazu. Der See sei so groß, sagte er, dass einmal ein Reiter, der es mit einem lahmen Gaul probiert habe, in Jahr und Tag nicht um ihn herumgekommen und gewiss noch unterwegs sei. Und der See sei so tief, dass man gar keinen Boden finde, weshalb er auch der Bodensee heiße. Und auf dem Grund des Sees sehe man bei hellem Wetter großmächtige Städte, die in früheren Zeiten untergegangen seien, und Fische leben in dem Wasser, so dick und lang wie der Mehlsackturm in Ravensburg. Da guckten die andern erst recht. Aber als nun der Seehase den großen Wald bei Überlingen zeigte, in dem das Ungeheuer sich aufhielt, der Seehas wusste selbst nicht, war's ein gräulicher Lindwurm oder ein Feuer speiender Drache, da rutschte ihnen das Herz in die Hosen. Und dieweil es Abend war, so schlug der Seehas vor, zu guter Letzt noch ein Essen zu bereiten, am andern Morgen aber dem Untier entgegenzuziehen. So zündeten sie nun ein Feuer an, und der Knöpfleschwab hatte bald eine gute Ladung Knöpfle fertig. Da setzten sich die sieben Schwaben im Kreise, aßen recht wacker und stellten dabei Todesbetrachtungen an. »Ja,« sagte der Gelbfüßler und seufzte recht von unten rauf, »'s ist eine Sach'! Wenn man so recht bedenkt, dass man vielleicht zum letzten Mal in seinem Leben z' Abend isst.« Und wieder seufzte er und sagte: »'s ist eine Sach'!« Und der Knöpfleschwab fing an still vor sich hin zu flennen, wobei er jedoch nicht vergaß, Knöpfle um Knöpfle hinunterzudrücken. Als aber der Gelbfüßler zum Drittenmale ganz erschrecklich tief seufzte und sagte: »'s ist eine Sach'!« da fingen sie alle an so erbärmlich zu heulen, dass es einen wilden Heiden hätte erbarmen können. Der Nestelschwab allein ließ sich das Sterben nicht zu Herzen gehen.

»Meine Mutter,« behauptete er, »hat mir oft gesagt, dass ich nicht umzubringen wäre.« Aber aus Mitleid mit seinen Genossen heulte er auch mit. Endlich raffte sich der Blitzschwab auf und sagte mit rauer Stimme: »Hotz Blitz! Da hockt ihr Kerle wie ein Pfund Schnitz und flennt wie die Weiber. Wenn schon einmal gestorben sein muss, so lasset uns fröhlich sterben; denn ehrlich gelebt und fröhlich gestorben heißt dem Teufel die Rechnung verdorben.« Auf dieses Wort hin trocknete der Knöpflesschwab seine Tränen, und auch die andern vergaßen bald über dem Essen ihren Jammer. Und als das letzte Knöpfle verzehrt war, legten sich die sieben Helden ins Gras und schliefen, und der Algäuer schnarchte, dass die Bäume zitterten.

Wie die sieben Schwaben das Abenteuer mit dem gräulichen Untier bestehen.

Am nächsten Morgen weckte der Seehas seine Kameraden. »Auf, Brüder, mit Gott für Leben und Schwabenland!« rief er. »Brüder, jetzt gilt's! Stellt euch an den Spieß, damit wir auf das Ungeheuer Sturm laufen.« – »Halt!« sagte der Algäuer, »das Ding will zuvor gründlich beraten sein. Höret! Bis daher bin ich immer der Erste am Spieß gewesen und bin euch andern vorangegangen, jetzt aber, mein' ich, war's einmal an der Zeit, den Stiel umzudrehen, und ich hab' mich deshalb entschlossen, von nun an der Letzt' zu sein.« »So,« schrie der Knöpflesschwab, der seither der Hinterste gewesen war, »so, so, du willst der Letzte werden und bist doch der Stärkste und hast das größt' Maul gehabt alleweil, und da soll ich am End' jetzt den Ersten machen und sichrem Tod entgegengehen. Bedank mich für die Ehr'.« – »Ich mein' auch, wir sollten's beim alten lassen,« sagte der Seehas, »es ist nicht gut, wenn man Neuerungen einführt, von denen man nicht weiß, was sie taugen.« Der Spiegelschwab wischte sich die Nas am Ärmel und tat den Vorschlag: »Es ist doch besser, wenn einer für alle stirbt, als wenn wir alle sterben. Der Knöpflesschwab könnte uns den kleinen Gefallen tun, vorauszugehen und sich von dem wilden Tiere fressen zu lassen. Dann ist das Ungeheuer so voll, dass es sich nicht mehr regen kann und wir können's gut erlegen.« Da schrie der Knöpflesschwab Zetermordio, als hätte ihn das Untier schon am Schlafittich, und fuhr den Spiegelschwab an: »So, ist das der Dank für die schönen Knöpflein, die ich euch alleweil gebacken!« – »Könnte man nicht den Spieß überzwerch und der Breite nach tragen?« rief der Nestelschwab, »dann wären wir alle gleich weit vorn und gleich weit hinten.« Und nun lobten ihn alle ob seiner Schlauheit und sagten, dass er doch der Gescheitste sei, was man bisher gar nicht so bemerkt habe. »Aber einer muss doch an das spitzige Ende des Spießes,« warf der Spiegelschwab ein, »Ich rat' euch, da rufen wir Freiwillige auf!« schlug der Gelbfüßler vor, aber keiner meldete sich. »Was?« schrie darauf der Knöpflesschwab. »Sind wir bisher miteinander gereist und haben alle Gefahren gemeinsam überwunden und jetzt vor Torschluss sollte unser Vorhaben gar noch ins Wasser fallen? Ich sag', der Seehas gehört an den Spieß, der hat uns die ganze Suppe eingebrockt, jetzt soll er sie auch auslöffeln.« – »Bravo!« riefen die andern und dabei blieb es. Nach langem Hin- und herreden bequemte sich der Seehas endlich dazu, die Stelle am eisernen Ende einzunehmen. Er dachte aber, es werde sich schon ein Gelegenheitlein zeigen, sich aus dem Staub zu machen. Nun rückten sie vorwärts gegen den Wald, alle sieben nebeneinander am Spieß, in guter Ordnung, aber langsam und bedächtig, wie es sich bei solch einer wichtigen Sache geziemt. Aber o weh! Vor lauter Spieß und Bäumen konnten sie nicht in den Wald eindringen. »Hab' mir's gleich gedacht,« eiferte sich nun der Gelbfüßler, »wir müssen den Spieß der Länge nach tragen und nicht der Quere nach, wir Esel.« – »Dito mit Fransen,« gab der Nestelschwab zurück. Aber die andern meinten: »Da müssen wir erst einen Kriegsrat halten, um das festzustellen.« Und sie setzten sich ins Moos, und nach zwei Stunden und nachdem sie ein paar Male Hälmchen gezogen hatten, waren sie auch der Meinung des Gelbfüßlers: Der Länge und nicht der Quere nach sollte der Spieß in den Wald getragen werden. »Also zurück zu dem Platz, von dem wir heute Morgen ausgezogen sind und dann wieder voran!« kommandierte der Algäuer und die andern gehorchten. Und als sie nun zum zweiten Mal vor den Wald kamen, schrie der Seehas: »Halt! Lasst uns jetzt Abschied voneinander nehmen, ehe wir in den Kampf ziehen! Denn es kann wohl sein, dass wir alle ins Gras beißen müssen, und dann ist die Geschichte ohnehin zu Ende. Wenn aber der eine oder der andere mit dem Leben davonkommt, so soll er der Welt den Ruhm der Gefallenen verkünden und die hinterlassenen Witwen trösten.« Und ein jeder gelobte es und dann kommandierte der Algäuer: »Nun mit Gott voran!« Und langsam und fürsichtiglich betraten sie den Wald. Es war um die Zeit, als das Neunuhrwindle ging, und durch die Kronen der Eichen und Buchen zog ein geheimnisvolles Raunen und es war, als laure in jedem Busch der Tod und warte auf die sieben Männer, die nun dahergeschritten kamen. »Bst!« flüsterte der Seehas, »ich meine, ich sollt' als Spion ein bisschen vorangehen.« – »Sonst nichts mehr,« schrie der Gelbfüßler, der die Absicht des Seehasen wohl merkte, und der Algäuer ergänzte: »Wenn einer sich untersteht durchzubrennen, so soll ihn der Teufel holen und ich pflanz' ihm mit meiner Faust ein paar Vergissmeinnichtblümlein um die Augen, dass er daran denkt, bygost.« Diese Sprache verstunden sie alle und blieben beim Spieß. Plötzlich aber lispelte der Spiegelschwab: »St! St! Ich glaub' in dem Busch davorn ist's nicht ganz geheuer.« Da stunden alle zumal stille, sperrten Mund und Ohren auf und lauschten. Aber es rührte sich nichts und sie rückten wieder voran. Nach einer Weile kamen sie abermals an einen dichten Busch, und es war kein Zweifel: diesmal hatte sich im Dickicht etwas geregt. Noch als sie alle stille stunden, hörten sie das Rascheln im Laub und allen miteinander lief eine Gänsehaut über den Rücken; denn der Seehas hatte nach hinten geflüstert: »Ich glaub' als, da drinnen liegt der Drach'!« Auf dies Wort hin schrie der Allgäuer, der ganz hinten am Spieß stund, was ihm aus dem Halse ging: »Hau, hau! Voran! Voran!« und zugleich gab er dem Spieß einen mächtigen Stoß nach vorn, sodass dieser mitsamt dem Seehas in den Busch flog, und siehe da! es raschelte im Strauchwerk, und plötzlich huschte ein vierfüßig Tier an ihnen vorüber. Das war imstande, mannslange Sprünge zu machen und mächtig auszureißen. »Habt ihr's gesehen?!« riefen nun alle Sieben zumal und zeigten nach der Richtung, in der das Tier verschwand. »Das war der Drach'!« rief nun der Knöpflesschwab, und der Blitzschwab stimmte ihm bei. »Hotz Blitz, wie mächtig groß das Ungetüm war. Und Sätze kann es machen! Uh, mir graust, wenn ich nur dran denke.« – »Und was für Poppelesaugen es hatte!« – »Und was für Ohren, du mein Gott!« »Und was für ein Gebiss, o jerum!« So ging es durcheinander, und alle waren stolz, das Tier doch wenigstens verjagt, wenn auch nicht erlegt zu haben. Nur der Allgäuer hatte noch nichts gesagt. Aber jetzt tat auch er seinen Mund auf. »Bygost,« hub er an, »was schwatzet ihr da? Das soll der Drach' gewesen sein? Wenn das kein Has gewesen ist, so will ich einen Hühnerstall nicht von einer Kirche unterscheiden können!« Da schwiegen sie und sahen zu Boden. Endlich fand der Seehas wieder die Rede. »Aberst,« sagte er, »wenn's gleich ein Has war, so war's doch ein Seehas, und das sind die gefährlichsten und größten im ganzen heiligen römischen Reich deutscher Nation. Hab' ich nicht recht?« – »Währle, du hast recht,« stimmten die andern zu, »und wir dürfen einen Stolz darauf haben, dass wir uns sogar vor dem Bodenseehasen nicht gefürchtet und ihn verjagt haben.« Und dann gaben sie sich feierlichst die Hand, vor niemanden zuzugestehen, dass es ein Has gewesen sei, gegen den sie ausgezogen, sondern ein unbekannt grimmig groß Tier, das sie in den See gejagt und ersauft hätten, wodurch die ganze Umgegend von großer Gefahr befreit worden sei.

Wie die sieben Schwaben ein Siegesmahl halten und sich auf den Heimweg begeben.

Als sie sich wieder aus dem Walde herausgemacht hatten, tat auf einmal der Blitzschwab die Frage: »Wem gehört nun das Bärenfell?« – »Ich denke,« sagte der Seehas, »'s ist ausgemacht: dem Tapfersten, und der war ich, denn ich war der Anführer beim Strauße.« »Und ich hab' kommandiert,« schrie der Allgäuer, »und will sehen, wer mir das Fell streitig macht.« Dabei stülpte er die Hemdärmel auf. Da sprang der Blitzschwab auf einen Baumstrunk und hielt folgende Rede an die streitenden Parteien: »Liebe Freunde und Kameraden! Es war unser löbliches Vornehmen, dem Untier, so seither in diesem Walde gehaust, den Garaus zu machen. Und wenn wir es erlegt hätten, so hätten wir, wie ausgemacht, das Fell als ewiges Siegeszeichen auf unsern Spieß gesteckt und selbigen auf dem Marktplatz in Überlingen aufgerichtet vor allem Volk. Nun haben wir das Untier aber in den See gejagt und können somit sein

Fell nicht abziehen. Wie wär's nun, wenn wir statt dessen die Bärenhaut aufpflanzten als ein Denkmal unseres Sieges gegen Bären, Wölfe, Drachen und viele andere Ungetüme? Wie stünden wir dann da als Retter des Vaterlandes!« Diese Rede machte Eindruck, und am Ende stimmte ihr gar der Allgäuer zu. Und nun zogen die sieben Schwaben gen Überlingen und pflanzten den Spieß neben der Kirche auf. Da kam alles Volk zuhauf. Und der Magistrat veranstaltete ein Festessen, wobei es Seewein von allen drei Sorten gab: vom Sauerampfer und vom Rachenputzer und vom Dreimännerwein. Und sie waren so selig und vergnügt, wie es nur Schwaben sein können. Über Nacht aber hatte der Seewein dem Knöpfleschwaben ein Loch durch den Magen gefressen, dieweil er vergessen hatte, sich um Mitternacht auf die andere Seite zu legen. Da schütteten sie ihm einen Schoppen Meersburger ein, der zog das Loch wieder zusammen. Und dann zogen alle ihrer Heimat zu, nachdem sie sich als Brüder verabschiedet hatten. Der Allgäuer hat darauf einen Viehhandel angefangen und den Nestelschwaben als Treiber angenommen. Der Gelbfüßler hat im Ries eine Gänsezucht eingerichtet und ist reich dabei geworden; der Knöpfleschwab und der Blitzschwab zogen auf die Ulmer Alb, wo's die größten Knödel gibt und blitzsaubere Mädchen: Der Seehas fing eine Fischhandlung an und log, dass die Fische schwitzten, aber niemand nahm's ihm übel, weil er ein gar heiterer, lebenslustiger Kamerad war. Der Spiegelschwab aber ging über den Bodensee, dieweil er nicht heimkehren wollte seines bösen Weibes wegen, um deretwillen er sich einst aus dem Heimatlande geflüchtet und den andern angeschlossen hatte. Auf seinen Wanderungen erlebte er noch manches Abenteuer, worüber an einer andern Stelle dieser Volksbücher (s. Band IV) berichtet werden soll.

Nach Dr. Th. Griesinger u. a. von C. Schnerring

Zollernsagen.

Das Zauberross des Grafen Friedrich von Zollern.

Vor vielen Jahren lebte ein Graf Friedrich von Zollern mit seiner gottesfürchtigen Haus- und Ehefrau Udalhild, welche nach ihrem Ableben von vielen Leuten für heilig gehalten wurde. Seine Kinder schickte er, als sie halb erwachsen waren, zu ihrer weiteren Erziehung an fürstliche Höfe oder zu nächsten Freunden und Verwandten. Denn er nahm sich vor, »in die Heidenschaft zu reisen« und fremde Länder zu erforschen. Die Grafschaft und all seinen Besitz befahl er seiner Gemahlin zur Pflege und nahm dann Abschied von Haus und Untertanen und ging mit einigen Dienern in die weite Welt hinaus.

In der wilden Fremde jenseits des Meeres erging es dem Grafen nicht sonderlich gut. Ein Pferd um das andere sank dahin; auch seine treuen Diener wurden ihm nach und nach durch den Tod geraubt. Nach Jahren stand er endlich ganz allein da und musste in seiner Armut oft bittern Mangel leiden.

Wie er nun in seiner großen Not einst nicht wusste, wo aus und ein, trat eine geisterhafte Erscheinung vor ihn hin und bot dem verarmten Grasen seine Hülfe an. Es war der »Tausendlistig« (Teufel), welcher ihn von Gott abzuführen gedachte. Friedrich hatte aber Besonnenheit genug, die arglistigen Anerbietungen des Verführers entschieden zurückzuweisen; Gott hatte ihm Gnade und Kraft hiezu verliehen.

Zuletzt bot ihm der böse Feind ein wunderschönes Roß an, mit welchem er nach seinem Wunsch und Gelüste an alle Orte und Enden der Welt in großer Geschwindigkeit gelangen könne, – nur müsse er es des Abends, oder wenn er sonst absteige und einkehre, gegen Westen (Sonnenuntergang) stellen, wenn er es abzäume und absattle. An dem Roß könne er sein haben und die ganze Welt damit durchreisen; wenn er aber jene Bedingung auch nur einmal übersehe, so werde er dasselbe plötzlich verlieren und ewiglich nimmer zur Hand bekommen. Was der Graf hiefür zu versprechen und zu leisten hatte (»wie ainest in sollichen Fällen gepreuchlich«), das weiß heute niemand mehr und wird auch von der Sage nimmer berichtet. Der Graf nahm das Roß an, und der Versucher schied von ihm.

Graf Friedrich blieb noch längere Zeit in der Welt draußen, wo das Roß ihm wirklich gute Dienste leistete. Doch ergriff ihn schließlich ein unüberwindliches Heimweh, das ihn nach Hause zog. Sein Wunderross trug ihn den weiten Weg in seine Grafschaft, die indessen von der Gräfin weise und wohl regiert worden war. Beim Einritt in sein Land erkannte ihn niemand, und er ließ seinen lieben Angehörigen die Botschaft von seiner Ankunft melden: die gute Frau eilte ihm mit ihren Söhnen und Töchtern entgegen und empfing ihn am Fuß des Berges mit großer Freude. Der Graf stieg ab, begrüßte Weib und Kinder aufs herzlichste und ging mit ihnen zum Schloss hinauf.

Bei der Freude des Wiedersehens vergaß er, die Knechte darüber zu belehren, wie sie das Roß stellen und behandeln sollen: unversehens war es verschwunden – die Knechte wussten nicht wohin. Deshalb gingen sie eilends zum Grafen, um ihm das wunderbare Ereignis zu berichten. Der Graf war sich sofort klar, dass er solches selbst verschuldet habe, und sagte gelassen zu seinen Leuten: » *Nun, was kann ich tun? Es ist geschehen und sei damit Gott befohlen!*«

Wenige Stunden später erschienen drei schöne Jungfrauen in schneeweißen Gewändern am Tor des Schlosses Zollern und begehrten, zu dem Grafen geführt zu werden; sie wurden ihm angemeldet, und er befahl, sie unverzüglich vorzulassen. Als sie vor ihm standen, verneigten sie sich, und eine von ihnen erklärte, sie seien Geister, die in der Gewalt des bösen Feindes gewesen seien und durch die Macht desselbigen ihn in Gestalt des Rosses eine lange Zeit und einen weiten Weg getragen haben; weil er aber über den Verlust seines Tieres nicht ungeduldig gewesen sei und alles Gott anheimgestellt habe, so seien sie aus der teuflischen Gewalt befreit und nun erlöst, andernfalls waren sie bis zum jüngsten Tag von den höllischen Geistern geplagt worden. Nach einem kurzen, aber innigen Dank verschwanden sie auf einmal.

Graf Friedrich erreichte ein hohes Alter, blieb zeitlebens daheim und starb in gutem Frieden. Er soll im Kloster Stetten am Fuß des Hohenzollern begraben worden sein; seine Gemahlin habe ihn kurze Zeit überlebt und ruhe nun an seiner Seite.

Nach der Zimmerischen Chronik. A. H.

Die Gründung des Klosters Stetten im Gnadental.

Zur Zeit der letzten hohenstaufischen Kaiser war die Verwirrung im deutschen Lande groß; Recht und Sitte schwanden, überall verbreitete sich Schrecken und Schmach. Um diese Zeit lebte ein jugendfrischer und kriegsmutiger Graf auf der Burg Hohenzollern, der war in der Nachbarschaft nicht ohne Grund sehr gefürchtet. Er schien sich auch lange nicht entschließen zu wollen, in den Ehestand zu treten und das sanfte Joch der Liebe zu tragen.

Einstens kehrte er jedoch im Dillinger Grafenschlosse ein, um im trauten Kreise auch wieder einmal etwas auszuruhen. Er fand eine freundliche Aufnahme, die Tochter des Hauses bediente ihn, und sie machte einen tiefen Eindruck auf sein Gemüt. Der junge Graf warb um sie und der Schlossherr gab seinen Segen zu dieser Verbindung. Nach geschlossener Ehe zog das Paar festlich auf der Stammburg der Zollern ein und lebte glücklich und friedlich daselbst: an der Seite des guten Weibes erblühte dem Grafen ein neues Leben. Die fromme Adelhilde hatte ihn gänzlich umgewandelt – er hatte keine Freuden mehr an den Händeln dieser Welt und bereute seine wilde Vergangenheit in aufrichtiger Weise. Was er einst gefrevelt hatte, wollte er nun auch wieder gut machen, und geschehenes Unrecht gänzlich sühnen.

Die treue Gattin sandte deshalb einen Priester als vertrauten Boten nach Rom. Der sollte beim obersten Herrn der Christenheit erkunden, wodurch der Graf bei Gott Gnade für seine früheren Verfehlungen erlangen könne. Der heilige Vater ließ ihm die Wahl unter dreierlei Bußen: Der Graf solle sich eines *Totenschädels* statt des Bechers beim Trinken bedienen, oder möge ihn eine *Schlange* auf seiner Tafel alltäglich an seine Sünden erinnern: doch sei er der einen und der andern Buße völlig enthoben, wenn er ein *Kloster* erbaue. Als der Graf von dieser Entscheidung Kunde erhielt, entschloss er sich mit Freuden, am Fuß seiner Stammburg das Kloster Stetten im Gnadental zu gründen. Bereits stand eine Kapelle des heiligen Johannes daselbst; der Graf ließ Steine und Holz in Menge herbeiführen, wollte aber das alte Heiligtum seiner neuen Gründung nicht einverleiben. Durch unsichtbare Kräfte ward aber alles vom Lagerplatz bei Nacht weggetragen, und man fand es neben dem Kirchlein aufgeschichtet: dies war ihm ein deutlicher Wink dafür, wo das Kloster nach Gottes Willen errichtet werden solle.

Der Bau machte rasche Fortschritte und wurde bald eingeweiht. Die Gräfin verlebte dort selige Stunden und siedelte endlich ganz nach Gnadental über. Der Graf fand dort seine letzte Ruhestätte, und als bald darauf auch seine Gattin aus dem Leben schied, wurden beider Leichname in *einer* Gruft vereinigt.

Nach Eglers Gedicht. A. H.

Das Bild im Kloster Stetten.

Im Kloster Stetten, das die Grafen von Zollern im Gnadental bei Hechingen erbaut hatten und dem sie stets reiche Stiftungen zuwandten, weil jahrhundertelang ihr Erbbegräbnis dort war, befand sich bis gegen das Ende des 15. Jahrhunderts ein kleiner Hochaltar mit Flügeltüren, die innen und außen mit Darstellungen aus der Leidensgeschichte Jesu bemalt waren. Im Hintergrund des geöffneten Flügelschreins erblickte man mitten das Bild des gekreuzigten Erlösers. Dasselbe war weit und breit als das »Zollerische Bild« bekannt. Jedermann wusste, dass es den Tod eines Mitglieds der Grafenfamilie drei Tage zuvor deutlich ankündigte. Wenn nämlich die Flügel (ohne fremde Einwirkung) plötzlich halbweit offen standen, sodass man das Kreuz Christi sehen konnte, so starb nach dreimal vierundzwanzig Stunden ein regierender Graf oder seine Gemahlin oder auch eine Witwe des Hauses. Wenn sich jedoch nur die Riegel zurückgeschoben hatten, ohne dass die Flügel sich wirklich öffneten, so schied nach dieser Frist ein minderjähriger Sprössling des Zollerschen Geschlechtes aus dem Leben. Zum letzten Mal ereignete sich dieses Wunder im Februar 1488, wo Graf Jos Niklas ganz unerwartet starb. Bald darauf brach eine Feuersbrunst im Kloster aus, wodurch der Altar samt dem Bild verbrannte.

Nach Zingeler, Hohenzollern. A. H.

Die Sage vom Hirschgulden.

Auf der Burg Hohenzollern lebte vor 500 Jahren ein Graf, der ein recht sonderbarer Mensch war: nicht hart gegen seine Untergebenen und auch nicht bösen Herzens, aber finster und mürrisch im Umgang, namentlich recht einsilbig im Verkehr mit jedermann. Man nannte ihn nur *das böse Wetter von Zollern*. Beliebige Mitteilungen erwiderte er mit dem kurzen Wort »weiß schon!« und freundliche Grüße mit dem ärgerlichen Ausdruck »dummes Zeug!« Kam ihm etwas ungeschickt in den Weg, so konnte er fürchterlich fluchen; doch hörte man nie, dass er im Zorn jemand geschlagen hätte.

Das böse Wetter hatte drei Söhne, einen von der ersten Frau, welche im Gegensatz zu ihm recht mild und freundlich gewesen war, und ein Zwillingspaar von der zweiten, die nur für ihre eigenen Kinder sorgen wollte und den angetretenen Sohn recht stiefmütterlich behandelte. Ihre Lieblosigkeit vererbte sich auch auf die Zwillinge, die dem Halbbruder nur zum Possen lebten. Der Vater wollte seinen Besitz schon zu Lebzeiten verteilen, und da sich die Erben nicht vertrugen, so baute er zwei neue Burgen, eine auf den *Hirschberg* östlich von Balingen und die andere auf den *Schalksberg* zwischen Laufen an der Eyach und Burgfelden. Den ältesten Sohn setzte er auf Betreiben der habsüchtigen zweiten Gattin auf den Hirschberg: Einer von den Zwillingen kam auf den Hohenzollern, der andere auf die Schalksburg. Der Graf auf dem Hirschberg lebte vereinsamt und in sich gekehrt, aber im Innern doch zufrieden und glücklich; die beiden Zollerngrafen auf den zwei anderen Burgen führten ein lustiges Leben und hausten jetzt schon auf die Erbschaft hinein, die ihnen nach dem Tode des kränklichen Bruders zufallen sollte.

Die schlimmen Brüder konnten es fast nicht erwarten, bis sie sich in seine Hinterlassenschaft teilen durften. Der Schalksberger sollte die Todesnachricht, die er ja als nächster Nachbar des Hirschbergs zuerst erfahren musste, dem auf Hohenzollern durch Geschützdonner vom Walle aus kundtun.

Der Hirschburger erfuhr bald etwas von dieser Verabredung und wollte nicht glauben, dass seine Brüder so verworfen seien, ihm aus Eigennutz einen frühen Tod anzuwünschen. Er machte einen Versuch und stellte durch Ausstreuung der Nachricht von seinem raschen Abscheiden seine Brüder auf die Probe. Noch an demselben Abend ertönte von der Höhe des Schalksberges Knall auf Knall, und es zeigte sich jetzt die Gelegenheit, die Gesinnung der beiden sauberen Brüder zu erfahren. Der von Hohenzollern setzte sich rasch aufs Roß und sprengte dem Schalksberg zu; mit anbrechender Nacht traf er dort ein. Gar lustige Töne und Klänge drangen an sein Ohr, als er in der Nähe der Burg anlangte: gerade blies man dem Bruder, der eben im Begriff war nach dem neuen Erbe zu reiten, einen lustigen Abschiedsmarsch. Der Zoller schloss sich ihm an, und heiteren Gemüts ging's im sausenden Galopp dem Hirschberg zu, wo sie in der Frühe des anderen Tages vor dem Tore standen.

Als sie in den Schlosshof einritten und ihre Rosse den Knappen übergaben, schaute ihr Bruder zu ihrem Schrecken und Entsetzen lebend zum Fenster heraus und wünschte ihnen lächelnd einen guten Morgen. In grimmiger Wut gaben sie ein derbes Schimpfwort zurück, bestiegen augenblicklich wieder ihre Pferde und rannten davon. Unterwegs schimpften sie weidlich über den listigen Fuchs und stießen wüste Drohungen gegen ihn aus, falls er sich noch einmal unterstehe, ihnen einen solchen Streich zu spielen. Doch gab ihnen der kranke Bruder keine Veranlassung mehr, ihre Drohungen auszuführen. In aller Stille nämlich setzte er seinen letzten Willen auf: Er verkaufte die Grafschaft Hirschburg mit der Stadt Balingen und 17 Ortschaften an Wirtemberg um einen Hirschgulden.

Bald darauf starb er, und es war dafür gesorgt, dass die zwei Brüder rechtzeitig eine sichere Nachricht von dem Todesfall erhielten. Sie gingen miteinander auf den Hirschberg und heuchelten Tränen der Trauer; doch war ihnen auffallend, dass noch jemand da war, den sie nicht kannten. Es war dies der Vertreter des Grafen (Eberhard III) von Wirtemberg. Der eröffnete dem erstaunten Zwillingspaar, dass er gekommen sei, die Hirschburg mit ihrem ganzen Gebiet – namentlich die Stadt Balingen und noch 17 Ortschaften – für seinen hohen Herrn an sich zu ziehen. Zugleich händigte er ihnen den im Testament bedungenen Kaufpreis ein: einen Hirschgulden. Die enttäuschten Erben beteiligten sich nicht am Leichenbegängnis, sondern ritten im Zorn nach Balingen, wo sie den Kaufschilling vertrinken wollten. Sie berechneten die Zeche und warfen den Gulden auf den Tisch. Da erklärte ihnen der Wirt, dass er ihn nicht annehmen könne, denn durch einen Erlass des Herzogs von Wirtemberg seien von heute an die Hirschgulden abgeschätzt und außer Kurs gesetzt. So mussten die Brüder sogar die Zeche schuldig bleiben.

Nach Egler und Hauff. A. H.

Die Jungfrauen von der Schalksburg.

An dem Weg, der vom Eyachtal zur Schalksburg hinaufführt, stand vor Zeiten ein uralter Ahornbaum. Als einziger Laubbaum im dunkeln Tannenforst war er so recht das Bild der Verlassenheit. Seine knorrigen Wurzeln klammerten sich, wie um gegen feindliche Mächte sich zu stemmen, in das weiße Steingeröll, und Hilfe heischend reckten sich des morsch gewordenen Stammes ungefüge Äste zum Himmel empor. Der weiche Westwind und die goldene Sonne spielten aber gerne mit den schön gezackten Blättern; und wenn im Frühling der erste Kuckucksruf ins grünende Tal herniederscholl, dann kam er gewisslich aus der weiten Krone dieses Baumes. Wer von den Bewohnern des Tales zur Burg hinaufstieg, ging nur mit geheimem Grauen an dem Baume vorüber. Hatte man doch schon nächtlicherweile Flammenschein unter ihm gesehen und gespenstische Schatten hin und herhuschen, und alte Männer wussten geheimnisvoll zu erzählen, dass der Baum zur Heidenzeit ein Götzenbaum gewesen sei, unter dem man den gräulichen Heidengöttern Gaben dargebracht habe. – An einem schönen Sonntagnachmittag gingen einige junge Bursche von Laufen auf die Schalksburg. Von dem alten Turme aus schauten sie hinab ins Tal und hinüber zum Gräbelesberg, zum Hörnle und zum Lochenstein, und wie die gewaltigen Berge der Balinger Alb alle heißen. Sie durchschritten auch die Gräben und Mauerreste, noch die einzigen Zeugen einer früheren Herrlichkeit, und erzählten sich von den Schätzen, die der Sage nach in den unterirdischen Gewölben begraben liegen sollen. Denn die Schalksburg war vor Zeiten eine mächtige Burg und vielleicht gar die Wiege der Zollerngrafen gewesen, und vor noch älterer Zeit soll sie den Bewohnern der weitesten Umgegend als Zufluchtsort und Burg in Not und Gefahr gedient haben. Dazu war sie wie wenige von Natur aus geeignet; denn der Zugang zu ihr von der Hochfläche des Gebirges aus ist so schmal, dass kein Wagen darauf fahren kann, und so hoch, dass die höchsten Tannen in der grausigen Tiefe dem Auge wie ein junger Hau erscheinen. Während die Jünglinge sich so miteinander unterhielten, sahen sie plötzlich zwei schöne Jungfrauen auf den Trümmern der Burg sich ergehen. Vermeinend es wären lebendige Menschen, scheuten sie sich nicht, sie zu fragen, wer sie wären und wie so schöne Fräulein in diese wilde Einöde kämen. Die Fräulein antworteten: »Wir sind nicht mehr am Leben, wie ihr glaubt, sondern sind gebannte Geister und müssen die Schätze hüten, die in den Gewölben der Burg verborgen liegen, bis einer kommt und uns erlöst. Wollt ihr uns erlösen, so tut also: Drunten am Fuße der Burg, mitten im Tannenwald, findet ihr einen Ahornbaum. Er ist der einzige im Walde. Mit ihm ist aber unser Schicksal aufs engste verbunden; denn solange dieser Baum steht, dürfen wir nicht zur Ruhe eingehen, hauet den Baum um und schneidet ihn zu Brettern und machet eine Kinderwiege daraus und nehmet dann ein unschuldiges Kindlein und legt es drein, so werden wir erlöst werden.« Als sie dieses gesprochen hatten, verschwanden sie im Gebüsch. – Die jungen Leute aber kam ein Schauer an. Sie gingen hinab ins Dorf und erzählten, was ihnen widerfahren war. Und da man Mitleid mit den

Jungfrauen hatte, so beschloss man, den Baum umzuhauen und alles zu tun, was die Jungfrauen gesagt hatten. Und als es geschehen war des Abends, da sah man aus der hohen Schalksburg eine Helle sich erheben wie vom Schein eines Feuers; und alsbald flogen die erlösten Jungfrauen, herrlich von Gestalt und mit feurigen Leibern, gen Himmel. Den Burschen aber, die zu ihrer Erlösung den Anlass gegeben hatten, ging es gut, solange sie lebten.

Nach G. Schwab von K. R.

Der Jäger von Hohenzollern.

Auf der Burg Zollern diente vor mehr als 500 Jahren ein frecher Jäger, welcher gerne ein guter Schütze geworden wäre. Er hörte sagen, dass man sicher schießen könne, wenn man imstande sei, mit drei Pfeilen nacheinander ein Kreuzbild in die Seite zu treffen; wenn man das gelernt habe, so treffe man alles, was man nur erreichen wolle. Er begab sich zur Heiligkreuzkapelle bei Hechingen, bei welcher früher ein Bildstock mit dem gekreuzigten Heiland stand. Als der Mensch zwei Pfeile abgeschossen und damit die Herzgegend getroffen hatte, schwitzte das Bild Blut aus. Als er nun auch den dritten Pfeil auflegte, sank der Frevler selbst bis an die Kniee in den Boden. Die Erde hielt ihn solange fest, bis der Scharfrichter kam, der ihn zur Strafe für seine Gottlosigkeit auf der Stelle enthauptete.

Meier, A. H

Gründung der Wurmlinger Kapelle.

Zwischen Tübingen und Rottenburg zieht sich eine bewaldete Anhöhe hin, welche das Neckartal und das Ammertal voneinander trennt. Der westliche Punkt dieses Höhenzuges ist ein Berg, auf dem die Wurmlinger Kapelle steht, welche der Dichter Uhland so schön besungen hat in dem Lied:

Droben stehet die Kapelle,
Schauet still ins Tal hinab ...

Jahrhunderte schon steht die Kapelle auf dem Gipfel dieses Berges, an dessen Abhang die Rebe blüht und an dessen Fuß die klaren Fluten des Neckars dahinrauschen. Freundlich grüßt sie den Wanderer, den das Dampfross schnell eilend durch das Tal dahinführt. Von dem Dorfe Wurmlingen aus führen die Kreuzesweg-Stationen den Berg hinan, die ihren Abschluss in dem heiligen Grab finden, das in der unterirdischen Abteilung der Kapelle still geborgen ist. Die Kapelle wurde 1685 dem heiligen Remigius zu Ehren eingeweiht und ist heute noch ein vielbesuchter Wallfahrtsort.

Über die Entstehung der Kapelle berichtet eine Sage: Im 10. Jahrhundert lebte Graf Anselm von Calw. Er war weit in der Welt herumgekommen und hatte auch eine Fahrt ins heilige Land gemacht. Als es mit ihm zum Sterben kam, versammelte er die Seinen um sich und sagte zu ihnen: »Ich habe im Leben so weite Reisen gemacht, dass ich fast im Tode noch einmal die Welt durchfahren möchte. Wenn ich daher gestorben bin, dann leget den Sarg, der meine Leiche birgt, auf einen mit zwei ungewöhnten Ochsen bespannten Wagen! Lasst sie hingehen, wohin sie wollen, niemand soll sie leiten, und wo sie von selbst halten werden, dort begrabet meinen Leib und bauet über das Grab eine Kapelle!« Man tat nach seinem Willen. Durch Wald und Feld, über Berg und Tal zogen die Ochsen dahin und blieben endlich am zweiten Tage mit der Leiche auf der Höhe des Wurmlinger Berges stehen. Dort wurde Graf Anselm von treuen Dieners Hand begraben. Bald erhob sich über seinem Grab eine Kapelle, der Ruhestätte des Grafen zum Schutz, der Gegend zur Zierde.

Zum Gedächtnis des Grafen wurde lange Zeit die sogenannte Wurmlinger Mahlzeit gehalten. Die Geistlichen der umliegenden Ortschaften versammelten sich zu diesem Zweck am Dienstag nach Allerseelen mit ihren Mesnern und Freunden auf dem Berge. Nachdem ein feierliches Totenamt gehalten war, begann die Mahlzeit. Zuvor wurde jedoch in einem ausgehöhlten Weißbrot von jedem Gast ein Pfennig für die Sondersiechen eingesammelt. Dann folgten die verschiedenen Gerichte je mit besonderem Wein und Brot, u. a. drei geröstete Schweinsköpfe, ein Beiessen von der Gans, gesottene Hennen und Fische, für je zwei Personen eine gebratene Gans, in der Gans eine Henne und in der Henne eine Wurst, endlich auch Käse, Kuchen, Nüsse, Trauben, Birnen u. dgl. Was übrig blieb, gehörte den Armen. Graf Anselm soll bestimmt haben, dass dieses Testament von seinen Verwandten nur der umstoßen könne, der auf einem Pferde sitzend einen Kieselstein (Goldgulden) über die Turmspitze schnellen könne. Die Mahlzeit findet nicht mehr statt; die berechtigten Geistlichen erhalten dafür sechs Gulden Ersatz.

Nach Meier, Kohler und Schönhuth.

Das Bläsibad bei Tübingen.

Früher als sonst war der Frühling ins Land gekommen, und Sonne und warmer Frühlingswind hatten gar bald den Schnee von den Feldern weggefegt. Schon am Blasiustag, am 3. Februar, sprossten Gras und Klee aus der Erde hervor, und so trieb denn der Tübinger Hirte seine Herde hinauf auf die grünenden Berge. Aber er konnte des warmen Sonnenscheins nicht froh werden, denn er litt die heftigsten Schmerzen am Fuß und hinkte traurig hinter der munteren Herde drein. Da sah er am Waldrande ein Bächlein, dessen klares Wasser murmelnd dem Tale zueilte. Es war ihm, als sollte er seinen kranken Fuß in das sprudelnde warme Wasser hineinlegen. Behende zog er die Schuhe aus und badete das schmerzende Bein, und siehe, bald fühlte er sich vom Schmerze befreit und den kranken Fuß gekräftigt. Voll Freude verkündete er die heilsame Kraft des Wassers. Die Ärzte der Stadt gingen sogleich hinaus und untersuchten dasselbe und fanden, dass es wert sei, in ein Bad gefasst zu werden, den Leidenden zur Heilung. So entstand das Bläsibad, also genannt, weil es der Blasiustag gewesen, an welchem der Hirte zuerst des Wassers heilsame Wirkung empfunden. Später wurde neben dem Bade ein Kirchlein erbaut, in welchem mancher Geheilte dem Himmel Preis und Dank darbrachte.

A. Kohler.

Die Erbauung der Burg Achalm.

Es war an einem Septemberabend des Jahres 1034, als ein kleiner Trupp Reiter die Straße heraufkam, die seit uralten Zeiten das Tal des Neckars mit dem der mittleren Echatz verbindet. Die Reiter mussten schon lange unterwegs gewesen sein, denn ihre Pferde gingen müden Schritts, und Koller und Rüstzeug waren mit dickem Staube bedeckt.

Nun waren sie auf der Höhe angekommen, von wo aus die Straße der Echatz zu sich senkt. Die Sonne war eben am Verschwinden. Nur einige Strahlen hingen noch, als könnten sie sich nicht trennen, an dem Gipfel des schön geformten Berges, der ihnen schon längere Zeit als Wegrichtung gedient hatte. Der Berg erhob sich jetzt in seiner ganzen Schönheit vor ihnen. Abgetrennt von dem steilen, waldigen Gebirgszuge im Hintergrunde schien er wie eine Schildwache vor den beiden Tälern zu stehen, die sich links und rechts an seinem Fuße öffneten.

Die Reiter hielten unwillkürlich ihre Pferde an, um das liebliche Bild zu betrachten. Da mit einem Mal klangen die hellen Töne eines Glöckleins an ihr Ohr. Sie kamen von einer Kapelle, deren Türmlein im Talgrunde aus Bäumen und Gebüschen aufragte. Die Kapelle war vor vielen Jahren im Weidicht der Echatz zu Ehren des Petrus errichtet worden und hieß deshalb »St. Peter in den Weiden«.

Die Reiter nahmen die Sturmhauben ab, falteten die Hände und bewegten die Lippen im Gebet. Ihr Anführer aber, ein Mann im mittleren Alter, von kräftigem Wuchs und edler Haltung, breitete in übermächtiger Bewegung die Arme aus und rief: »Dank sei dir, hoher Schutzpatron Petrus, dass du mich glücklich wieder zur Heimat gebracht hast!« Aus seinen hellen Augen leuchtete dabei ein milder Schimmer, und die Züge des wettergebräunten Gesichtes bekamen einen sanfteren Ausdruck. Der fremde Klang der Sprache aber verriet, dass er das Schwabenland schon lange nicht mehr gesehen hatte.

Der Reitersmann, den wir hier kennen gelernt haben, war Graf Egino, der älteste Sohn des Grafen vom Pfullichgau. Er hatte den Kaiser Konrad auf seinen Kriegszügen begleitet und war mit ihm nach Italien, Ungarn und Burgund gekommen. Nach fast zehnjähriger Abwesenheit kehrte er nun zurück in das stille Echatztal, um von den Stürmen des Krieges eine Zeit lang auszuruhen.

Nachdem die Glockentöne verhallt waren, setzten die Reiter die Helme wieder auf. Dann trieben sie die müden Rosse an, um noch bei guter Zeit das Dorf im Tale zu erreichen, dessen Häuslein nicht allzu weit von der Peterskirche im Wiesengrunde sichtbar waren. Das Dorf trug damals den Namen Rutelingen; aus ihm ist mit der Zeit die Stadt Reutlingen entstanden. Rutelingen und Pfullingen waren damals der Wohnsitz der Grafen vom Pfullichgau.

Die Schatten des Abends senkten sich schon ziemlich tief hernieder, als die Reiter das dichte Hag und den Zaun erreichten, mit welchen das Dorf umschlossen war. Ein ungefüges Fallgatter wehrte ihnen den Eintritt; innerhalb des Gatters liefen ein paar große Hunde kläffend und zähnefletschend auf und nieder. Doch ließ der Torwart nicht lange auf sich warten. Nachdem er vernommen hatte, wer die Fremden seien und wohin sie wollen, wies er mit rauer Stimme die Hunde zur Ruhe, öffnete die Pforte und ließ einen Reiter nach dem andern in die enge und krumme Dorfgasse eintreten.

Die Häuslein, welche rechts und links standen, waren recht klein und ärmlich, nur aus Holz geflochten und mit Lehm verstrichen. Lichtöffnungen hatten sie nur wenige. Durch die niedere Türe drang qualmender Rauch ins Freie; denn die Weiber bereiteten eben das Nachtessen an dem offenen Feuer. Ein schmutziges

Wässerlein floss in trägem Laufe durch die Gasse und bildete da und dort eine Pfütze.

Wohl vertraut mit den heimischen Wegen lenkte Egino sein Pferd dem Vaterhause zu. Er wusste, dass sich dort vieles verändert hatte, seitdem er in die weite Welt hinausgezogen war. Sein Vater war gestorben, und sein Bruder Rudolf, den er als Jüngling verlassen hatte, war zum Manne herangereift. Von Lauffen am Neckarflusse aus hatte er gestern einen Boten gesandt, der dem Bruder seine Ankunft anmelden sollte.

Lange konnte Egino aber diesen Gedanken nicht nachhängen, denn schon war er an seinem Ziele angekommen, an zwei großen Häusern aus Stein, die mitten im Dorfe auf einem freien Platze standen. Sie waren der Wohnsitz der Gaugrafen. Aus dem kleineren der beiden Häuser, das allem Anschein nach als Pferdestall und Gesindehaus diente, eilten sofort mehrere Knechte herbei, um die Pferde der absteigenden Reiter in Empfang zu nehmen. Aus dem hohen Tor des Herrenhauses aber trat mit schnellen Schritten ein junger Mann hervor, ging mit ausgebreiteten Armen auf Egino zu und rief: »Willkommen, Egino, willkommen im Vaterhause!«

Tief bewegt hielten sich die beiden Brüder lange umschlossen. Dann stiegen sie Hand in Hand die schmale Steintreppe empor, welche zu den Wohnräumen führte.

Zur damaligen Zeit hatten die Wohnungen, selbst in Grafenhäusern, noch eine sehr dürftige Ausstattung. Den Boden bedeckten raue Steinfliesen: An den Wänden zogen sich lange Bänke hin; den übrigen Raum füllte ein mächtiger Tisch von Eichenholz und ein offener Herd. Die Öffnungen der Fenster wurden durch Läden verschlossen, Glasscheiben kannte man noch nicht.

Trotzdem war das Gemach zum Empfang des Gastes recht behaglich zugerichtet und der Tisch sauber gedeckt. Bald saßen die Brüder beim Mahle und in traulicher Unterhaltung beisammen. Was hatten sie einander nicht alles zu fragen und zu erzählen! Wäre der Kienspan, der in einem Ring als Leuchte an der Wand hing, nicht zu Ende gegangen, wahrlich, die beiden Brüder hätten in dieser Nacht vergessen, sich zur Ruhe zu legen.

Das erste, was Egino am andern Morgen tat, war, dass er zum Kirchlein in den Weiden pilgerte, um mit dankbarem Herzen vor dem Bilde des Sankt Petrus ein Weihgeschenk niederzulegen. Dieses wundersame Bild war vor vielen Jahren auf dem Reutlinger Berg gestanden. Als aber dort die hölzerne Kapelle zerfiel, hatte man es in das Kirchlein im Tal verbracht. Ein heftiger Donnerschlag soll dabei den Berg bis in seine Grundfesten erschüttert haben.

Die nächstfolgenden Tage verwandte Egino dazu, sich in der alten Heimat wieder umzusehen. Er ging hinaus zur alten Grafenburg in Pfullingen, wo er seine erste Jugendzeit verlebt hatte, besuchte die Höfe und Güter, welche ihm als Erbe zugefallen waren, und durchstreifte mit der Armbrust auf dem Rücken die dichten Forste, an denen der Pfullichgau damals reich war.

So kam unter allerlei Geschäft und Kurzweil der Weinmonat herbei. Die Weinstöcke bogen sich unter ihrer köstlichen Last, und jung und alt eilte hinaus an die sonnigen Berghalden, um die süßen Trauben zu schneiden und zu keltern.

Egino und Rudolf nahmen an dem fröhlichen Treiben auch teil. An einem klaren Herbsttage, als sie am Scheibenberge nach den Winzern geschaut hatten, beschlossen sie, den hohen Gipfel des Reutlinger Berges vollends zu ersteigen und in das weite Land hinauszublicken. Durch Heide, Wald und Gebüsch führte der Weg zum Gipfel empor. Eine wundervolle Aussicht über das gesegnete Schwabenland bot sich hier dem Auge. Wälder und Felder, Berge, Burgen und Ortschaften lagen in buntem Gemisch vor ihren Blicken. Mächtig ragte hinter bewaldetem Bergrücken der Neuffen mit seinen trotzigen Wällen und Türmen in die Höhe; auch die herzogliche Teck und der Staufen waren sichtbar.

Die Brüder umschritten den Berggipfel. Zerfallene Mauern, Trümmergestein und Schutt bedeckten ihn überall. Egino sagte: »Dieses Mauerwerk haben einst die Römer gebaut; ich kenne es vom welschen Lande her. Wie ich in meiner Jugend gehört habe, stand hier einst ein römisches Kastell. Unsere alemannischen Vorfahren haben es erobert und zerstört, und seitdem liegt der Berg öde«.

Ein Felsblock auf der östlichen Seite zeigte noch die Form des Opfersteines. Auf ihm waren einst dem Donnerer fromme Gaben dargebracht worden, bis christliche Sendboten die alten Eichen umgehauen und auf der Stätte des heidnischen Wettergottes eine Kapelle für den christlichen Wetterheiligen Petrus errichtet hatten.

Es fing schon an zu dunkeln, als die beiden Brüder den Abstieg zum Dorfe antraten. »Wahrlich,« sagte Rudolf, »dieser Berg ist wie geschaffen, eine Burg zu tragen«. »Du hast recht, lieber Rudolf,« erwiderte Egino, »schon als Knabe kam mir oft dieser Gedanke, wenn ich dort oben saß und von Ritterschaft und Heldenruhm träumte. Auf dem Berg war dann meine Burg, und ich war der Ritter, der sie verteidigte. Nachdem ich heute den Berg mit den Augen des Kriegsmanns angesehen, steigt der alte Wunsch aufs neue lebhaft in meiner Seele auf. In dieser Burg, frei gelegen nach allen Seiten hin und gegründet auf die Felsen des Berges, würde ich jedem Feinde trotzen.« Rudolf versetzte: »Auch der Vater sprach oft davon; denn in schweren Kriegszeiten fehlt den offenen Dörfern im Tal ein sicherer Zufluchtsort. Auch deuchten ihn unsere festen Häuser in Reutlingen und Pfullingen keine würdigen Grafensitze zu sein.« »Wer in Welschland gewesen ist, weiß, dass unserem Vaterlande viele Wirren bevorstehen,« sagte Egino, »um so auffallender erscheint es mir daher, dass der Vater keine Burg auf diesem Berg erbaut hat!« »Ach,« erwiderte Rudolf, »du weißt nicht, wie gering in den letzten Jahren die Erträgnisse unseres Gaues waren. Zudem gehört, wie du ja selber weißt, der Berg nicht uns, sondern dem Vetter in Urach; mit ihm aber wollte der Vater nichts zu tun haben.«

Unter diesen Gesprächen kamen die Brüder im Dorfe unten an.

Auch in den nächsten Tagen sprachen sie oft und viel über den Bau der Burg. Der Gedanke hatte Eginos Sinn mächtig ergriffen und ließ ihn Tag und Nacht nicht ruhen. Endlich entschloss er sich, ins Urachtal zu seinem Vetter hinüber zu reiten. Obgleich dieser mit Eginos Vater wenig Freundschaft gepflogen hatte, so empfing er Egino doch freundlich und ließ sich von ihm über seine Kriegsfahrten ausführlichen Bericht erstatten.

Im Lauf des Gesprächs brachte Egino die Rede auf den Berg und die Burg. Der Alte wollte aber nichts davon wissen. Erst als seine Tochter, die blond gelockte Mechthildis, für den Vetter aus dem Pfullichgau eintrat, wurde der Vater willfähriger: Seinem einzigen Kinde konnte er keine Bitte abschlagen. Gegen ein schönes Stück Geld und das Gut Schlatt, welches Egino von seiner Mutter ererbt hatte und das nicht fern von Urach lag, versprach er endlich, den Berg an Egino abzutreten. Mit freudigem Herzen trabte Egino der Heimat zu. Er war mit seinem Erfolg zufrieden, denn er war nicht nur seinen Wünschen bedeutend näher gekommen, sondern er hatte auch die Neigung seiner schönen Base gewonnen, wie ihm beim Abschied ihr Blick deutlich gezeigt hatte.

Sein Entschluss war nun bald gefasst. Von seinen Feldzügen her hatte er noch eine größere Summe Geld in Straßburg stehen. Damit konnte er das Kaufgeld und die Baukosten wohl bestreiten. Dieses Geld nun zog Egino an sich, und in kurzer Zeit war der Kauf mit dem Uracher Vetter im reinen.

Bei den öfteren Besuchen, welche Egino in dieser Angelegenheit auf der Burg seines Vetters gemacht hatte, war er dem Alten immer lieber geworden, und als nun Egino sich um die Hand seiner Tochter bewarb, willigte er gerne ein. Bald darauf ward die schöne Mechthildis Eginos Frau.

Indessen war es Winter und fast schon wieder Frühling geworden. Der Schnee zerrann, und auf dem Berge über Reutlingen fingen die grüne Nießwurz und der gelbe Huflattich an zu blühen. Da dünkte es Egino Zeit zu sein, mit dem Bau der Burg zu beginnen. Die Pläne dazu waren im Winter von einem auswärtigen Baumeister gefertigt worden, und an den ersten schneefreien Tagen hatte man auch den Bau auf dem Berge ausgesteckt. Egino ließ nun tüchtige Handwerksleute anwerben und aus dem ganzen Gaue seine Eigenleute zum Dienste aufbieten.

Ein reges Leben begann jetzt auf dem Berge. Während die einen auf dem Gipfel die Trümmer der alten Römerfeste aufräumten und den Grund zur neuen Burg gruben, waren andere am Berghang beschäftigt, einen Weg für die Gespanne zu bauen und Steine zum Bau aus der Erde zu brechen. Als der Weg fertig war, wurden die Steine auf zweirädrigen Karren auf den Bauplatz gebracht. Dort wurden sie zu ungeheuer dicken Mauern und Türmen zusammengefügt, indem man Kalk und Gips dazwischen goss und auf diese Weise alles, wie zu einem Stück verband. Um die Mauern her wurden tiefe Gräben gezogen, und auch unter der Erde wurden verborgene Gänge gegraben, um für den Fall der Not einen Ausweg zu haben.

Der Bau der Burg dauerte mehrere Jahre. Egino erfreute sich indessen seines jungen häuslichen Glücks, umsomehr als er auch Kinder sein eigen nennen durfte. Während der Bauzeit war er fast jeden Tag auf dem Berge; denn er konnte es kaum erwarten, bis die Burg vollendet und der Traum seiner Jugend in Erfüllung gegangen war.

Da geschah etwas Furchtbares.

Als Egino eines Tages auf der Burg war, gerieten zwei Fuhrleute miteinander in heftigen Streit. Der eine von ihnen war nicht rechtzeitig ausgewichen, und der Karren des andern war deshalb umgeworfen worden. Egino wollte die Streitenden trennen. Einer von ihnen, ein wilder, jähzorniger Mensch, wandte sich fluchend und tobend gegen den Grafen und wollte ihn tätlich angreifen. Egino ließ den Rasenden binden und züchtigen und auf der Burg ins Gefängnis legen. Als man aber am andern Tage nach dem Gefangenen sah, war er verschwunden. Niemand wusste, wohin er gekommen war.

Nun geschah es, dass einige Tage darauf Egino noch in später Abendstunde den Weg von der Burg herabstieg. Sein Herz war freudig bewegt; denn der Bau schritt rüstig voran, und die Zeit schien ihm nicht ferne zu sein, dass er in die neue Burg einziehen konnte. Plötzlich rauschte es im Gebüsch, und mit wutverzerrtem Gesicht stand der Flüchtling vor ihm, in der Hand den gezückten Dolch. Ehe sich Egino zur Wehr setzen konnte, hatte er ihm schon die scharfe Spitze in die Seite gestoßen. Dann aber floh der feige Mörder in eiligem Laufe dem Walde zu. Egino suchte mit einem Tuch das quellende Blut zu hemmen, was ihm auch gelang. Ohne große Anstrengung konnte er die Heimat erreichen. Die Wunde hielt man nicht für gefährlich; denn sie schien nicht tief zu sein. Aber in der Nacht trat starkes Wundfieber ein, das sich im Lauf des nächsten Tages so verschlimmerte, dass an keine Rettung mehr zu denken war. Eginos Frau und Bruder wichen nicht von seinem Lager. Was Bewusstsein war ihm entschwunden. In der Morgenfrühe des vierten Tages wachte Egino noch einmal aus dem Fieberschlummer auf; er vermochte noch sein Haus zu bestellen und seine letzten Anordnungen zu treffen. Er bat seinen Bruder, er möchte seiner Frau und seinen Kindern beistehen und die Burg auf dem Berge vollends ausbauen. Rudolf versprach es mit bewegter Stimme. »Und wenn ich deine Burg vollendet habe,« sagte Rudolf, »wie soll ich sie dann heißen?« Egino wollte antworten, aber ein Blutstrom quoll aus seinem Munde und mit dem Seufzer: »Ach, Allm...!« sank er auf das Lager zurück.

Graf Rudolf erfüllte aufs getreueste die letzten Wünsche des verstorbenen Bruders. Er bestattete Eginos Leib zu Straßburg im Elsaß, wo die Familie Besitzungen hatte. Der Witwe und den Kindern blieb er zeitlebens ein treuer Berater und Helfer, und auch die Burg vergaß er nicht. Mit großem Eifer setzte er den Bau fort und brachte ihn auch glücklich zur Vollendung. Er nannte die Burg, um den Willen seines Bruders in allen Stücken zu erfüllen, nach Eginos letztem Seufzer: »Achalm«.

K. Rommel.

Der Urschelberg bei Pfullingen.

Wer von Reutlingen nach Pfullingen geht, erblickt vor sich den Urschelberg. Er hat die merkwürdige Gestalt einer auf einem Sarge ruhenden Frau. Kopf, Brust und langer Rock lassen sich deutlich erkennen, und wer einige Phantasie besitzt, sieht auch die über der Brust gefalteten Hände und das ins Tal herabwallende Haar der Riesin. Schon unseren Vorfahren war dieser Berg merkwürdig, und es unterliegt keinem Zweifel, dass er vor uralten Zeiten ein heidnisches Heiligtum trug, das wohl der Erdmutter, der Herta (Frija, Freia oder Frena) geweiht war. Hier versammelten sich die Leute der Umgegend zu frohen Festen, der gütigen Mutter Opfergaben darzubringen, damit sie auch im kommenden Jahre die Früchte des Feldes segne. Der fromme Glaube an sie wurzelte so fest, dass er auch von den christlichen Sendboten nicht zerstört werden konnte, die unter dem Schutze der Frankenkönige die Altäre der Götter zerbrachen und das Kreuz aufrichteten. Von Kind zu Kindeskind haben sich die Sagen von der guten Göttin auf dem hl. Berge fortgepflanzt, und noch heute schlingt sich ein reicher Kranz von Sagen um den merkwürdigen Berg.

Das verwünschte Schloss.

Nach der Meinung des Volkes ist der Urschelberg hohl und birgt in seinem Innern, ein wundersames Schloss. Einst stand das Schloss auf dem Gipfel des Berges, da wo heute noch winters kein Schnee liegen bleibt. Ein mächtiger Zauber hat es aber in des Berges Tiefe verschlossen, doch soll es von Zeit zu Zeit sichtbar sein. Eine Frau aus Reutlingen kam einmal bei Nacht über den Urschelberg und sah plötzlich ein prächtiges Schloss vor sich stehen. Sie ging hinein und traf allda Männer und Frauen, die gaben ihr zu essen und zu trinken, so viel sie nur mochte. Als sie hierauf nach Pfullingen kam und die Leute fragte, wem denn das stolze Schloss da oben am Berge gehöre, wusste ihr niemand Auskunft zu geben.

Ein Mann aus Pfullingen hatte viel von diesem Schlosse gehört und ging deshalb einmal bei Nacht hinauf. Er fand dort auch richtig ein Schloss und zog an der Glocke, die an der Tür hing, worauf ein weißes Fräulein hervortrat und ihn fragte, was er wolle. Er war verlegen und wusste nicht, was er antworten sollte, und sagte deshalb, er sei verirrt. Da holte das Fräulein eine Laterne und führte ihn traurig nach Pfullingen hinab. Auf dem Wege fragte er sie mancherlei, erhielt aber keine Antwort. Endlich als er bei seinem Hause war, zeigte das Fräulein darauf hin und sprach: »Da geht's hinein!« Dann wandte es sich um und ging auf den Berg zurück.

Noch Wunderbareres ist aber einer Pfullinger Hebamme passiert. Zu ihr kam eines Abends ein kleiner »unterirdischer« Mann und bat sie, mit in das unterirdische Schloss des Urschelberges zu kommen. Die Hebamme ging mit, und wie sie nun eine Weile miteinander gegangen waren, so verband das Männlein der Frau die Augen und führte sie durch eine geheime Türe in den Berg. Nachdem sie ihr Geschäft verrichtet und reichlich gegessen und getrunken hatte, sagte das Männlein: »Geld Hab' ich nicht; aber deinen Lohn Hab' ich dir in die Schachtel da gelegt. Öffne sie aber nicht eher, bis du zu Hause bist«. Darauf führte er sie wieder mit verbundenen Augen aus dem Berge und ließ sie nicht weit vom Ort auf dem Felde stehen. Weil die Schachtel so leicht war, wollte die Frau wissen, was sie enthalte. Sie öffnete sie und sah bei dem Schein ihrer Laterne, dass drei Strohhalme darin lagen. Etwas ärgerlich darüber, machte sie die Schachtel wieder zu und ließ dabei einen Strohhalm herausfallen. Als sie jedoch am andern Morgen zu ihrem Mann sagte: »Jetzt guck einmal, was ich gestern verdient habe!« und die Schachtel aufmachte, da lagen zwei Stangen hellen Goldes darin. Mann und Frau eilten nun hinaus auf den Weg, wo sie die Schachtel geöffnet hatte, und suchten den herausgefallenen Strohhalm, fanden aber nichts mehr.

Nach Meier von R.

Die Urschel und die Nachtfräulein.

Die Herrin dieses unterirdischen Schlosses wird von den Leuten » *die alte Urschel*« genannt, und sie wissen von ihr zu sagen, dass sie eine Fee sei und ein Gefolge von kleinen Fräulein um sich habe. Diese Fräulein heißen Berg- oder Nachtfräulein, zuweilen auch Meerfräulein und Nonnen. Von der Urschel selbst wissen die Leute zu berichten, dass sie eine schöne Frau sei, angetan mit weißem oder schwarzem Kleide, roten Strümpfen und weißen Schuhen, das Haupt bedeckt mit einer mächtigen altertümlichen Haube, an der Seite einen großen Schlüsselbund am goldenen Gürtel. Doch soll sie auch schon als Tier, z. B. als Fuchs, gesehen worden sein; ja sogar als Frau mit Geißfüßen. Es ist noch gar nicht lange her, dass, wer von Pfullingen aus auf den Berg ging, der alten Urschel und den Nachtfräulein ein Opfer darbrachte. Auf einem kleinen Felsen am

Urschelberg wurden durchlöcherte Hornknöpfe, Remsele genannt, niedergelegt, um der Urschel eine Freude zu machen. Bei der Rückkehr schaute man nach, ob die Remsele von der Urschel geholt worden seien, und man freute sich darüber, wenn sie verschwunden waren. Auch Sonnensteine, in welchen die Sonne, wie man glaubte, ihr Bild eingebrannt hatte (Ammoniten), suchte man auf dem Weg zum Berge und warf sie weiter oben als Opfer in das sog. Nachtfräuleinsloch. Solche Steine rollte man auch beim »Hämmerle«, einem durchbrochenen Felsen auf der Höhe des Hörnles am Urschelberg, über den schroffen Felshang hinab. Wessen Stein am weitesten lief, der sagte vergnügt: »Mein Opfer hat die Urschel am liebsten angenommen.«

Diese Aufmerksamkeiten wurden der Urschel erwiesen, weil sie gegen die Menschen lieb und gut war und ihnen half, wo sie nur konnte. Ganz besonders den armen Leuten half sie gerne mit Brot- und Saatfrucht aus. Als ihr einmal ein Mann aus Reutlingen seine Not klagte, da sagte sie zu ihm, er solle am andern Tage an den Eingang ihrer Höhle auf den Berg kommen, wo er Korn erhalten werde; allein sie leihe es ihm nur und sobald er geerntet habe, müsse er es wieder zurückgeben. Da fuhr der Mann am folgenden Tage auf den Urschelberg und fand auch richtig das versprochene Korn an der bezeichneten Stelle liegen. Als nun die Ernte nahe war, besah der Mann eines Sonntags sein Feld, fand das Korn reif, ließ es andern Tags schneiden und dreschen und brachte alsbald auch auf den Urschelberg das Entlehnte. Einige Tage später kam er zufällig wieder auf den Berg und verwunderte sich, dass das Korn noch auf demselben Platze stand, wo er es abgeladen hatte. Da rief er der Urschel zu, er habe ihr das Korn zurückgebracht, ob es denn nicht richtig sei. Sie antwortete: »Nein, ich kann es nicht nehmen, weil du es am Sonntage besehen hast!«

Wenn schwere Holzwagen die steile Steige am Urschelberg herabfuhren und kein Stemmen und Sperren mehr helfen wollte, den Wagen im jähen Laufe aufzuhalten, da kam gerufen oder ungerufen die Urschel, setzte sich auf den Wagen und half ihn sperren.

Oftmals besuchte die Urschel in den umliegenden Ortschaften die Spinnerinnen, wenn sie zur Winterszeit im Lichtkarz beisammen saßen und spannen. Sie unterhielt sich mit ihnen und spann wohl auch selber mit. Ganz besonders gern besuchten ihre Nachtfräulein die Spinnstuben und halfen den Mädchen bei ihrer Arbeit. In Pfullingen kamen sie längere Zeit jeden Abend zu dem Weber auf dem Wiel oder auch zum Provisor Hans Marte. Es waren kleine, aber wunderschön gebaute Fräulein, hatten glänzende Gesichter und schneeweiße, funkelnde Kleider. Sie setzten sich ganz bescheiden hinter die Türe oder in einen Winkel und spannen die feinsten Fäden, die man sich denken konnte, redeten aber kein Wort. Für das Licht legten sie jede Woche stillschweigend zwei Kreuzer auf den Tisch und entfernten sich pünktlich, sobald es neun Uhr schlug. Die Lichtlein ihrer Laternchen konnte man noch lange den Berg hinauf huschen sehen, bis endlich der Schein in der Nähe des Nachtfräuleinslochs plötzlich verschwand. Als einmal ein Bursche sich den Scherz erlaubte, die Uhr zu verstellen, kamen die Nachtfräulein nicht wieder. Auch nach Reutlingen kamen die Nachtfräulein öfters in das Haus eines armen Mannes, redeten aber ebenfalls kein Wort. Als nun an einem Abend einem der Fräulein der Faden brach, sprach sie in kindischer Weise: »Pfitzede pfitz, der Fade ist broche!« Darauf sagte die zweite: »Pfitz' en wieder z'sämmen, so ist er wieder pfaatz!« (ganz). Die dritte aber sagte: »Hat nicht der Vi-Vater g'sait, sollest nit fätze!« (schwätze). Am andern Morgen stand vor dem Hause des Mannes ein Sack voll schöner Frucht und oben drauf lag auch noch Geld. Die drei Fräulein aber sind nicht wiedergekommen. – Nach Eningen kamen die Fräulein auch manchmal zum Spinnen. Sie hatten wunderschöne silberne Kunkeln, silberne Wirtel und silberne Spindeln. Mit dem schönsten Flachs waren die Kunkeln angelegt. Auffallend war aber, dass sie sich ängstlich hüteten, ihre Füße zu zeigen. Die Leute witterten dahinter ein Geheimnis, und die Hausfrau, bei der sie einkehrten, bestreute die Treppe eines Abends mit Asche. Als die Fräulein fortgingen, sah man an ihren Fußstapfen, dass sie Entenfüße hatten. Die Fräulein kamen von da an nicht mehr; doch hat man sie schon öfters zur Weihnachtszeit unter der Wette und am Arbach waschen sehen.

Nach Meier von R.

Die misslungene Erlösung.

Es sind schon viele Jahre her, dass in Pfullingen ein junger Bursche lebte, hübsch wie Milch und Blut und von Betragen nicht wie die andern seines Alters, sondern still und sonderlich. Den Mädchen gefiel er um so mehr, je weniger er mit ihnen machte, und manche nahm ihren Weg so, dass sie ihm begegnete. Inzwischen gedachte ihn seine Mutter zu verheiraten, und wählte ihm eine aus, die weder gut noch schlimm, weder warm noch kalt war; die andern hießen sie die langweilige Lise. Der Frieder aber nahm das so hin und verzog das Gesicht nicht dabei, hätt' auch wahrscheinlich einträchtig mit ihr gehaust bis an sein seliges Ende, wenn nicht unvermutet etwas dazwischen gekommen wäre. Denn als er eines Abends Holz fällte allein auf dem Urschelberge, da trat ein Fräulein zu ihm von seltsamer Schönheit, daß ihm's ganz anders wurde. Sie sah freilich nicht aus wie seine Lise, noch wie eines der Mädchen im Dorf. Die sprach zu ihm, sie sei das Bergfräulein und der Berg sei nach ihrem Namen geheißen, er solle sich nicht fürchten und mit ihr kommen. Der Frieder fasst sich ein Herz und so führt sie ihn durch den Schacht, den man heute noch sehen kann, tief in den Berg hinein. Da war eine Herrlichkeit, lauter Kristall, Gold und Edelsteine. Darauf gab sie ihm zu essen und zu trinken, setzte sich zu ihm und hub an zu erzählen. Sie sei ein verwünschter Geist, sagte sie, aber er solle nichts Böses von ihr denken. Vor mehr als tausend Jahren sei hier ein Schloss gestanden und darin habe sie geherrscht als der einzige Spross von einem alten Königshause. Da seien ihre bösen Vettern gekommen und haben sie verzaubert und verwünscht, das Schloss sei versunken in den Berg und in diesem Augenblick habe sie nur noch Zeit gehabt, eine Eichel in den Boden zu treten und ihren Segen darüber zu murmeln. Und diese Eichel, sprach sie weiter, wuchs nach und nach auf und ward zur großen Eiche, und ich beschützte sie, dass jeder, der ihr nahe kam, ein wunderbares Grausen fühlte. Der Baum war uralt, und ich war müde, da hab ich's deinem Vater verstattet, dass er ihn umhieb (denn der Mann gefiel mir) und zur Wiege für dich machte. Du bist in meinem Baume gewiegt worden und hast die Kraft überkommen, den Zauber zu brechen. Und nun versprich mir, mich zu erlösen. – Der Frieder aber, als er ihr einmal in die Augen geguckt hatte, da musste er ja sagen, und wenn's um seine Seele gegangen wäre. Nun unterwies sie ihn: dreimal müsse er zu ihr in den Berg kommen, um sie zu küssen, und jedes Mal werde sie ihm in einer schrecklicheren Gestalt erscheinen, absonderlich das dritte Mal: aber er solle sich nicht entsetzen, es werde ihm kein Leid geschehen, und gleich nach dem Kusse werde sie ihr menschlich Wesen wieder haben. Inzwischen solle er sich bedenken, bis es an der Zeit sei, und häufig bei ihr einsprechen. Damit nannte sie ihm die Tage, wo sie in ihrer menschlichen Gestalt zu sehen sei, und geleitete ihn aus dem Berg. Beim Abschied sah sie ihm liebreich ins Auge, legte die Hand auf sein Haupt und sprach: »Noch eins muss ich dir sagen, das ich lieber verschwiege, aber es ist nicht meine Schuld: darum, dass du mich gesehen hast, musst du sterben über ein Jahr, ob du mich erlösest oder nicht; so lass nun diese Zeit, die du auf keine Weise verlängern kannst, zu meinem Heil gereichen. – Dabei bat sie ihn so beweglich, dass er ihr's mit Tränen in den Augen versprach. Der Frieder kam nach Hause, und war er vorher still gewesen, so war er jetzt ganz in sich gekehrt und sprach fast mit keinem Menschen mehr. Nach und nach fiel das den Leuten auf. Noch mehr aber fiel es auf, dass er so oft allein auf dem Berge war. Wenn er aber mit den andern Holz herunterführte, da war es wunderbar zu sehen, wie man die andern Wagen an dem jähen Berge so mühselig sperren musste, während der Frieder den seinen, der doch der schwerste war, ganz leicht herunter brachte, ohne einen Radschuh einzulegen; ja, seine Tiere mussten noch ziehen, wenn die andern kaum halten konnten, denn eine geheime Gewalt stellte ihm die Räder. Nach und nach wurde die Sache ruchbar, und der Frieder selbst machte zuletzt kein Geheimnis mehr daraus. Die andern sahen's beim Herunterfahren oft mit an, wie sein Arm in der Luft lag, als ob er um einen Hals geschlungen wäre, und dabei konnte er ausrufen: »Seht ihr denn nicht, wie schön sie ist?« Auch hörten sie ihn mit ihr reden, und manche gab's, die schwuren Stein und Bein, sie hätten sie antworten hören; aber von keinem ward sie gesehen. Das Ding machte viel von sich reden, sodass der Lis' zuletzt die lange Weile verging. Man sah sie mehr weinen als gähnen; und Frieders Mutter wurde ebenfalls voll Angst, umsomehr als er mittlerweile zwei Küsse gewagt hatte, wobei ihm der Geist in gar zu ungeheurer Gestalt als Feuer speiender Pudel und als grässliche Schlange erschienen sein musste, denn er kam beide Mal ganz verstört zurück. Als es nun zum dritten ging, da liefen die Weiber zum Pfarrer, und der ließ den Frieder kommen und vermahnte und bedräute ihn lange Zeit vergebens, als aber alle in ihn hineinredeten, da blieb er seiner zuletzt nicht Meister und versprach dem Pfarrer mit einem teuren Eid, er wolle nicht mehr hinaufgehen zum Fräulein. Die aber sah man von nun an jeden Abend auf dem Berge sitzen und mit einem weißen Schleier winken, bis dass der Tag vorüber war, an dem er den dritten Kuss hätte bestehen sollen: dann verschwand sie. Der Frieder aber war tiefsinnig und stumm, und die Reue wollte ihm das Herz abdrücken, aber nun war's zu spät. Seine Mutter drang in ihn, mit der Lise Hochzeit zu machen, und er willigte ein und bestimmte mit einem traurigen Lächeln den Tag, wie er ihn von dem Fräulein wusste. Von Stunde zu Stunde nahm er ab und ward immer kränker; seine einzige Erquickung war, abends am Fenster zu sitzen und nach dem Berge zu sehen, wenn der Mond dahinter hervorkam; hinauf ging er nicht mehr. Eh' man sich's versah, war er einstmals tot, und er wurde an dem Tag begraben, an dem er hätte Hochzeit halten sollen. Aber auf dem Kirchhof begab sich etwas Wundersames. Wie man die Bahre ins Grab hinunterließ, da flog etwas Weißes, wie eine Taube oder ein andrer Vogel, auf die Mauer und flatterte und klagte und winselte, und wollte sich nicht zufrieden geben. Erst als die Schollen auf den Sarg fielen, da ward es still; aber kein Auge hatte gesehen, was es war.

Hermann Kurz, Schillers Heimatjahre.

Die Erbauung des Schlosses Lichtenstein.

Der Achalm Felsen bebt von Kampfgeschrei:
Vom fernen Osten zog der Feind herbei
Auf flücht'gem Roß: es füllt die wilde Brut
Das stille Land umher mit Brand und Blut.
Und in der Burg die Gräfin voller Not:
Ihr Mann, der Burggraf, liegt erschlagen, tot,

Und klein und kleiner täglich wird die Schar,
Die Schutz und Schirm dem festen Schlosse war.
Da als die Erde decket finst're Nacht,
Die Gräfin heimlich sich von dannen macht,
Begleitet nur vom treuen Dienerpaar,
Vom Söhnlein, das noch in der Wiege war.
Sie irrt durch's Feld, sie irret durch den Wald;
Vom Norden bläst der Herbstwind her so kalt.
Sie irrt die Nacht und auch den Tag umher
Und kommt zu einem Fels von ungefähr.
Als scharfe Klippe schießt er auf vom Tal
Aus grünem Walde weiß und spitz und kahl,
Getrennt vom Berge tief durch eine Kluft
Schwebt er in Gottes freier Himmelsluft.
Und auf des Felsens höchster Spitze hängt
Ein graues Adlernest fest eingezwängt,
Unnahbar jedem Tier, des Menschen Fuß,
Erreichbar nicht des Jägers Pfeil und Schuss.
»Wie dieser Vogel frei, so will ich sein!«
Die Gräfin ruft es, als sie sieht den Stein;
»Fern von der Erde, jedes Menschen Feind,
»Nah' bei dem Himmel, einzig Gottes Freund!«
Und auf dem Felsen bauet sie ein Schloss
Und ziehet ein mit ihrem Sohn' und Tross.
Umrauscht vom Wald, umspielt vom Sonnenschein
Nennt sie die neue Heimat »Lichtenstein«.

    Rommel, N.

Der Mädchenfelsen bei Reutlingen.

    Zu den Bergen, die bei Reutlingen den Steilabfall der Alb bilden, gehört auch der Übersberg. Er ist kenntlich an der gewaltigen Felsenkrone, die sich weiß und glänzend vom dunkelgrünen Bergwald abhebt. Der Fels gilt der Umgegend als Wetterprophet. Wenn dichte Nebelmassen ihn umhüllen, so deutet das auf anhaltend schlechtes Wetter. Zerreißen aber die über die Albhochfläche hinstreichenden Winde die Nebelkappe, dass sie in weiße Fetzen zerflatternd zu Tale stürzt und der Fels in reiner Weiße im Sonnenschein steht, dann darf man auf gutes und beständiges Wetter hoffen.

Vor langer Zeit, da Reutlingen und Pfullingen noch kleine Dörfer waren, soll sich auf dem Felsen oftmals eine wunderschöne Jungfrau gezeigt haben. Ihr luftiges Kleid war glänzend weiß, und die Nadeln, mit denen sie strickte, waren aus lauterem Golde. Stundenlang saß sie im Sonnenschein und schaute hinaus in das Land; denn wunderbar ist die Aussicht von dieser felsigen Höhe. Wer die Jungfrau gewesen, weiß man nicht. Manche glauben, sie sei wohl ein Fräulein vom nahen Urschelberge gewesen, wo vor alten Zeiten die Urschel, eine mächtige Fee, ihr schimmerndes Schloss hatte.

Da geschah es, dass die Hunnen in unser Land einbrachen. Sie waren ein wildes Reitervolk und hatten im fernen Ungarlande, weit, weit gegen Osten, ihre Wohnstätten. Dem Lauf des Donauflusses folgend, drangen sie über die Grenze, um Raub und Mord durch die deutschen Gaue zu tragen. Allnächtlich war der Himmel vom Flammenschein der brennenden Dörfer und Siedelungen rot wie Blut, und in das Angstgeschrei der unglücklichen Bewohner mischte sich das wilde Siegesgeheul der Feinde. Um die Freiheit und das nackte Leben zu retten, floh, wer fliehen konnte, in das Dickicht der Wälder, in die Höhlen und Felsklüfte des Gebirges. Aber die raubgierigen Ungarn fanden auch den Weg zu diesen Zufluchtsstätten, und so geschah es, dass auch die einsame Höhe des Übersbergs von ihnen erstiegen wurde. Als einer der Räuber auf dem Felsen draußen die Jungfrau erblickte, deuchte sie ihm eine herrliche Beute zu sein. Voll Begierde, sie zu fassen, lief er auf sie zu. Aber die Jungfrau hüpfte behend wie eine Gemse von Klippe zu Klippe. Und als sie über dem höchsten Abgrunde war und der wilde Geselle sie schon zu haschen vermeinte, sprang sie mit kühnem Sprunge in die grausige Tiefe. Wie eine Nebelwolke flatterte ihr weißes Kleid durch die Luft, und unverletzt kam sie unten an, um gleich darauf im dichten Walde zu verschwinden. Der Unhold aber, verblendet von seiner Gier nach Beute, glaubte den Sprung auch wagen zu können und zerschmetterte am Felsengrund.

Noch heute zeigt man die Stelle, wo dies geschah; den Felsen aber nennt man seitdem den »Mädles- oder Mädchenfelsen«.

Nach Gratianus, Geschichte der Achalm, von Rommel-R.

Vom Hohenneuffen.

I.

Die zerklüfteten Felsen des Hohenneuffen, auf denen jetzt die großartigsten Ruinen der schwäbischen Alb stehen und die in grauer Vorzeit eine mächtige Volksburg trugen, dienten einst den *Erdwichtelein* als Wohnung. Das waren ganz kleine Leute, nur etwa eine halbe Elle lang: die Männlein hatten gelbe Hosen und rote Strümpfe an und einen langen Bart. Der Sage nach sollen sie einstens über die Menschen geherrscht haben und von ihnen abgöttisch verehrt worden sein: denn sie kannten die Kräfte der Wurzeln und Kräuter genau und taten den Menschen viel Gutes. Während des Sommers bis zum Spätherbst kamen sie aus ihren Klüften hervor zu den Leuten im Felde und halfen bei der Arbeit. Am liebsten aber arbeiteten sie für die Menschen bei Nacht, wenn es niemand sah. Es durfte zur Erntezeit nur jemand anfangen, abends ein Kornfeld zu schneiden und die Sichel liegen lassen, so war es am andern Morgen gewiss ganz abgeschnitten. Ein Bauer, der einmal spät auf die Wiese zum Heumähen ging, sah, wie drei Männlein die Sensen genommen hatten und wetterlich darauf losmähten. Als sie ihn aber erblickten, liefen sie davon. Nachts kamen sie oder auch ihre Weiblein in die letzten Häuser, die vor der Stadt Neuffen liegen, und taten alle Arbeit für die Menschen. Man durfte ihnen aber nichts dafür geben; auch sah man sie sehr selten. Alte Leute haben erzählt, dass sie aus dem Morgenlande zu uns gekommen seien und dass sie sich später wieder hätten dahin zurückziehen müssen. Warum? Das weiß man nicht; aber wahr muss es sein, denn gesehen hat man sie schon seit vielen Jahren nicht mehr.

Nach Meier von N.

II.

Als Burg und Festung auf dem Hohenneuffen noch bestand, fand man bei der zweiten Wache einen Eselsfuß als Wahr- und Denkzeichen aufgehängt. Die Veranlassung dazu soll folgende Begebenheit gewesen sein. Vor Zeiten wurde ein *Esel* zum Wassertragen gehalten, weil frisches Wasser auf der Festung fehlte. Einst aber wurde sie vom Feinde belagert und sieben Jahre lang so eng eingesperrt, dass die Belagerten in die bitterste Not kamen. Da fütterte man den Esel mit dem letzten Rest Dinkel so reichlich, dass er starb. Darauf wurde er sogleich geschlachtet und der wohlgefüllte Wanst über die Mauer hinabgeworfen. Als die Feinde, welche schon auf die Übergabe der Festung gehofft hatten, den vollgepfropften Eselsmagen sahen, schlossen sie daraus, dass die Besatzung noch vollauf zu leben habe, und zogen ab. Dem Esel zum wohlverdienten Andenken wurde einer seiner Füße in der Burg aufgehängt; die bösen Nachbarn aber nannten von da an die Neuffener die »Eselsfresser« oder auch kurz »Esel«.

Einst hatte ein gutes Weiblein von Linsenhofen mit einem dieser Wasserträger Mitleiden und sprach: Du armer Esel, hast du auch zu fressen? Und als sie krank wurde, vermachte sie dem Esel im Testament eine Wiese. Auch nachmals, als kein Esel mehr auf Neuffen gehalten wurde, ließ der Kommandant der Festung die Wiese jährlich mähen, und Pferde und Kühe genossen das Erbe des Grautiers. Dies geschah bis ins Jahr 1802, da die Festung geschleift wurde. Die Wiese führte den Namen »Eselswiese«.

G. Schwab.

III.

Im Jahr 1519 wurde Herzog Ulrich durch den schwäbischen Bund aus seinem Lande vertrieben. Unter den festen Plätzen, die damals schmählicherweise an die Feinde Ulrichs ausgeliefert wurden, war auch die unbezwingliche Burg Hohen-Neuffen. Ihr Kommandant, Berthold von Schilling, übergab die Feste dem Österreicher Ferdinand. Als es nun 15 Jahre später dem vertriebenen Herzog mithilfe des Landgrafen Philipp von Hessen gelungen war, den Österreichern bei Lauffen am Neckar eine siegreiche Schlacht zu schlagen, zog er mit seinem Heere durch das Land, um die Städte und Burgen Württembergs möglichst rasch wieder in seine Hände zu bekommen. So kam er auch vor Hohen- Neuffen. Wie Berthold sein früher begangenes Unrecht wieder gut zu machen sich bestrebte, das schildert uns in anschaulicher Weise G. Schwab in seinem Gedichte

Herzog Ulrich vor Neuffen.

Müd vom Schlagen und vom Siegen
Zieht der Herzog durch sein Land,
Droben sieht er Neuffen liegen
Auf der dräunden Felsenwand,
Heißer Strahl der Frühlingssonnen
Brennt auf Reiter und auf Roß –
Wäre doch das Nest gewonnen!
Ruft der Landgraf, sein genoss.

Und so reiten sie die Stege
Durch den kühlen Wald hinauf;
Lauscht kein Hinterhalt im Wege?
Regnen keine Kugeln drauf?
Nein, es ist kein Feind zu spüren,
Alle Zinnen stehen leer.
Auf bequemen Brücken führen
Durch den Burgwall sie das Heer.

Aus dem Schlosse tönt entgegen
Ihnen nicht Geschützes Knall,
Sondern Priesters Wort und Segen
Und ein heller Orgelschall.
Und von mehr als Einer Schüssel
Süßer Dampf herüberweht,
Und der Burgvogt mit dem Schlüssel
Vor dem offnen Tore steht.

»Ritter Berthold, du Verwegner,
Sprich, was macht denn dich so zahm?
Du mein Feind und ew'ger Gegner,
Bist du worden blind und lahm?
Aber deine Blicke glänzen,
Wie kein blindes Auge glüht!
Und dein Haus schickt sich zu Tänzen,
Wie kein Lahmer drum sich müht!«

»Herr!« erwidert' ihm der Ritter,
Warf sich vor des Herzogs Fuß:
»Seid nicht eurem Knechte bitter,
Nennt auch feig nicht seinen Gruß.
Mir ist heut ein Sohn geboren,
Meines Hauses erster Stern:
Wird mir der – hab' ich geschworen,
Will ich huld'gen meinem Herrn.«

»In der Kirche den zu taufen
Stehet mir der Burgpfaff schon;
Seid ihr nicht zu müd vom Raufen,
Werdet Paten meinem Sohn!
Nicht vergessen solche Gnade
Wird der Vater und das Kind,
Nie zu Neuffens steilem Pfade
Hundert Jahr lang Wächter sind!«

Ei gelegen kommt den Fürsten
Solche Ladung nach dem Kampf,
Die nach kühlem Weine dürsten,
Schielen auf der Schüsseln Dampf.
Und der Herzog reicht dem Degen
Freundlich die Versöhnungshand,
Schenkt dem Knaben seinen Segen
Und ein schön Stück Ackerland.

Der Bau des Reußensteins.

Auf einer Felsenkrone des Reidlinger Tals, umrauscht von dunklem Buchenwald, erheben sich die Ruinen des Reußensteins. Der mächtige Turm, die breiten und hohen Schlossmauern mit Fenstern und weiten Toren streben hinauf in des Himmels Blau, jede andere Nachbarschaft verschmähend als die der Wolken.

Geradeüber von der Burg an einem Berge, worauf der mächtige Felsen des Hennensteins steht, liegt eine Höhle. Darinnen wohnte vor alters ein Riese. Er hatte ungeheuer viel Gold und hätte herrlich und in Freuden leben können, wenn es noch mehr Riesen und Riesinnen außer ihm gegeben hätte. Da fiel es ihm ein, er wolle sich ein Schloss bauen, wie es die Ritter haben auf der Alb. Der Felsen gegenüber schien ihm gerade recht dazu.

Er selbst aber war ein schlechter Baumeister. Er grub mit den Nägeln haushohe Felsen aus der Alb und stellte sie aufeinander; aber sie fielen immer wieder ein und wollten kein geschicktes Schloss geben. Da legte er sich auf den Beurener Felsen und schrie ins Tal hinab nach Handwerkern. Zimmerleute, Maurer und Steinmetze, Schlosser, alles solle kommen und ihm helfen, er wolle gut bezahlen.

Man hörte sein Geschrei im ganzen Schwabenland, vom Kocher hinauf bis zum Bodensee, vom Neckar bis an die Donau, und überall her kamen die Meister und Gesellen, um dem Riesen ein Schloss zu bauen.

Es war lustig anzusehen, wie er vor seiner Höhle im Sonnenschein saß und zuschaute, wie sie über dem Tal drüben auf dem hohen Felsen sein Schloss bauten. Meister und Gesellen waren flink an der Arbeit und bauten, wie er ihnen über das Tal hinüber zuschrie: sie hatten allerlei fröhlichen Schwank und Kurzweil mit ihm, weil er von der Bauerei nichts verstand. Endlich war der Bau fertig und der Riese zog ein und schaute aus dem höchsten Fenster aufs Tal hinab, wo die Meister und Gesellen versammelt waren, und fragte sie, ob ihm das Schloss gut anstehe, wenn er so zum Fenster herausschaue. Als er sich aber umsah, ergrimmte er; denn die

Meister hatten geschworen, es sei alles fertig, aber an dem obersten Fenster, wo er heraussah, fehlte noch ein Nagel.

Die Schlossermeister entschuldigten sich und sagten, es habe sich keiner getraut, vors Fenster hinaus in die Luft zu sitzen und den Nagel einzuschlagen. Der Riese aber wollte nichts davon hören, sondern weigerte sich, den Lohn auszuzahlen, bis der Nagel eingeschlagen sei.

Da zogen sie alle wieder in die Burg, die wildesten Burschen vermaßen sich hoch und teuer, es sei ihnen ein Geringes, den Nagel einzuschlagen. Wenn sie aber an das oberste Fenster kamen und hinausschauten in die Luft und hinab in das Tal, das so tief unter ihnen lag, und ringsum nichts als Felsen, da schüttelten sie den Kopf und zogen beschämt ab. Da boten die Meister zehnfachen Lohn, wer den Nagel einschlage, und es fand sich lange keiner.

Nun war ein flinker Schlossergeselle dabei, der hatte die Tochter seines Meisters lieb, und sie ihn auch, aber der Vater war ein harter Mann und wollte sie ihm nicht zum Weibe geben, weil er arm war. Der fasste sich ein Herz und dachte, er könne hier seinen Schatz verdienen oder sterben; denn das Leben war ihm entleidet ohne sie. Er trat vor den Meister, ihren Vater, und sprach: »Gebt Ihr mir Eure Tochter, wenn ich den Nagel einschlage?« Der aber gedachte seiner auf diese Art los zu werden, wenn er auf die Felsen hinabstürze und den Hals breche, und sagte ja.

Der flinke Schlossergeselle nahm den Nagel und seinen Hammer, sprach ein frommes Gebet und schickte sich an, zum Fenster hinaus zu steigen und den Nagel einzuschlagen für sein Mädchen. Da erhob sich ein Freudengeschrei unter den Bauleuten, dass der Riese vom Schlafe aufwachte und fragte, was es gebe. Und als er hörte, dass sich einer gefunden habe, der den Nagel einschlagen wolle, kam er, betrachtete den jungen Schlosser lange und sagte: »Du bist ein braver Kerl und hast mehr Herz als das Lumpengesindel da; komm, ich will dir helfen.« Da nahm er ihn beim Genick, dass es allen durch Mark und Bein ging, hob ihn zum Fenster hinaus in die Luft und sagte: »Jetzt hau drauf zu! Ich lasse dich nicht fallen.«

Und der Knecht schlug den Nagel in den Stein, dass er fest saß. Der Riese aber küsste und streichelte ihn, dass er beinahe ums Leben kam, führte ihn zum Schlossermeister und sprach: »Diesem gibst du dein Töchterlein.« Dann ging er hinüber in seine Höhle, langte einen Geldsack heraus und zahlte jeden aus bei Heller und Pfennig. Endlich kam er auch an den flinken Schlossergesellen. Zu diesem sagte er: »Jetzt gehe heim, du herzhafter Bursche, hole deines Meisters Töchterlein und ziehe ein in diese Burg, denn sie ist dein!« Der Bursche ließ sich das nicht zweimal sagen, und da sein Meister jetzt nichts mehr gegen ihn einzuwenden hatte, wurde Hochzeit gemacht und Einzug gehalten. Der Riese hatte seine Freude an dem schmucken jungen Paar und blieb ihr guter Freund, so lauge sie lebten.

Hauff, Lichtenstein.

Der Ring der Herzogin.

Im oberen Remstal, wo jetzt die freundliche Stadt Gmünd mit ihren Fabriken und ehrwürdigen Kirchen steht, breitete sich vor alter Zeit ein großer Wald aus. Mächtige Eichen und Buchen reckten ihre Wipfel zum Himmel empor und ließen nur wenige Sonnenstrahlen in das geheimnisvolle Waldesdunkel eindringen. Für Hirsche und Rehe und andere Tiere war diese Wildnis ein beliebter Aufenthalt, sodass einem Weidmann das Herz darüber im Leibe lachen musste.

Nun lebte zu dieser Zeit auf der Burg Hohenstaufen eine Herzogin mit Namen Agnes. Sie war eine Kaiserstochter und hatte von Jugend auf ihre Freude am Fischen und Jagen gehabt. Sie zog oftmals mit ihrem Gefolge in diesen wilden Forst hinaus, um auf den schnellen Hirsch und den grimmen Wolf zu pirschen. Eines Tages war sie wieder auf der Jagd. Da geschah es, dass sie mit ihrem Handschuh auch den kostbaren Ring abstreifte, den sie von ihrem fürstlichen Gemahl bei der Hochzeit empfangen hatte. Im Eifer der Jagd bemerkte sie den Verlust nicht. Erst als die Hörner zum Sammeln bliesen und die Jagdgesellschaft sich zur Mahlzeit unter einer hohen Eiche niederließ, sah sie mit Schrecken, dass ihr das teure Kleinod fehle. Sogleich zerstreute sich das gesamte Gefolge im Walde, um den verlorenen Ring zu suchen. Aber alle Mühe war umsonst; wie sollte man auch im Dickicht des Waldes einen solch kleinen Gegenstand finden? Als die Sonne niedersank, musste man das Suchen aufgeben, und betrübt zog die Herzogin mit ihren Leuten der Burg zu. Die ganze Nacht konnte sie kein Auge schließen; denn der Verlust des Eheringes galt zur damaligen Zeit als das Vorzeichen eines schrecklichen Unglücks. Kaum graute der Morgen, so machte sich alles, was Beine hatte, auf, den Ring zu suchen. Sogar die Leute der Umgegend wurden aufgeboten, und die Herzogin versprach dem Finder den reichsten Lohn. Aber obgleich man den ganzen Wald durchstreifte und das Suchen von Tag zu Tag erneute: Der Ring war und blieb verloren.

Es mochten einige Wochen verflossen sein, da ging ein junger Jägersmann mit seiner Armbrust auf dem Rücken in diesem Walde auf die Jagd. Längere Zeit war er schon herumgestreift, ohne auf ein Wild zu stoßen. Ärgerlich darüber wollte er schon die Heimkehr antreten; da rauschte es plötzlich im Gebüsch und ein majestätischer Hirsch, wie er noch keinen gesehen hatte, rannte daher. Schnell riss er die Armbrust herab, legte an, und ein Pfeil schwirrte von der Sehne. Der Hirsch machte einen gewaltigen Satz, lief noch einige Schritte und brach dann röchelnd zusammen. Als der glückliche Schütze herbeieilte und die prächtige Beute in Augenschein nahm, sah er zu seiner Verwunderung an einem Ende des viel gezackten Geweihes etwas glänzen, und als er genauer zusah, entdeckte er einen kostbaren Ring, der fest in die Spitze eingezwängt war. »Das ist der Ring der Herzogin!« rief der Jägersmann freudig aus. Rasch trennte er mit seinem Jagdmesser das Geweih des Hirsches ab und eilte in schnellem Laufe zur herzoglichen Burg. Die Herzogin saß eben traurig in ihrer Kemenate; denn in wenigen Tagen kehrte ihr Gemahl von einem Kriegszug heim, und nun sollte sie ihm ohne den Ehering entgegentreten. Da wurde ihr der Jäger gemeldet, und als sie ihn eintreten ließ, was erblickte sie? Den Ring in seiner Hand. Ihre Freude kannte keine Grenzen. Immer und immer wieder betrachtete sie das teure Kleinod, und aufs Genaueste musste ihr der Jüngling beschreiben, auf welch wunderbare Weise er den Ring gefunden hatte. Sie beschenkte ihn fürstlich und nahm ihn auf in ihr Gefolge und blieb ihr Leben lang seine Gönnerin.

Um aber auch dem Himmel für die Wiederauffindung des Ringes zu danken, beschloss die Herzogin, an der Stelle, wo der Ring gefunden worden war, eine Kirche zu bauen. Ihr Gemahl, den die wunderbare Geschichte aufs tiefste bewegte, billigte mit Freuden diesen Plan. So wurde im Walde ein Platz ausgerodet. Steine wurden beigeführt, und lustig ertönte das Hämmern der Steinmetzen und Zimmerleute. Nach wenigen Jahren war die Kirche fertig. Man hieß sie Johanniskirche. Sie steht heute noch, ein Denkmal altdeutscher Baukunst. In ihrem Gemäuer findet sich die Geschichte von dem Ring zum ewigen Gedächtnis eingehalten, wenn die Darstellung auch nur eine andeutende ist. Um die Kirche her siedelten sich Leute an: Es entstand ein Dorf und endlich gar eine Stadt. Sie trägt den Namen Gmünd.

Nach Schönhuth v. R.

Der Geiger von Gmünd.

An dem Weg von Gmünd nach Gotteszell steht eine Muttergotteskapelle. In ihr hing vor noch nicht gar langer Zeit ein altes Bild, welches eine merkwürdige Geschichte darstellte, die einst in dieser Kapelle geschehen sein soll.

Der Weinsberger Dichter Justinus Kerner erzählt sie uns in folgendem Gedichte:

Einst ein Kirchlein sondergleichen,
Noch ein Stein von ihm steht da,
Baute Gmünd der sangesreichen
Heiligen Cäcilia.

Lilien von Silber glänzten
Ob der Heil'gen mondenklar.
Hell wie Morgenrot bekränzten
Gold'ne Rosen den Altar.

Schuh' aus reinem Gold geschlagen
Und von Silber hell ein Kleid
Hat die Heilige getragen;
Denn da war's noch gute Zeit;

Zeit, wo überm fernen Meere,
Nicht nur in der Heimat Land,
Man der Gmünd'schen Künstler Ehre
Hell in Gold und Silber fand.

Und der fremden Pilger wallten
Zu Cäcilias Kirchlein viel;
Ungesehn woher erschallten
Drin Gesang und Orgelspiel.

Einst ein Geiger kam gegangen,
Ach, den drückte große Not:
Matte Beine, bleiche Wangen,
Und im Sack kein Geld, kein Brot.

Vor dem Bild hat er gesungen
Und gespielet all sein Leid,
Hat der Heil'gen Herz durchdrungen:
Horch! melodisch rauscht ihr Kleid!

Lächelnd bückt das Bild sich nieder
Aus der lebenlosen Ruh',
Wirft dem armen Sohn der Lieder
Hin den rechten goldnen Schuh.

Nach des nächsten Goldschmieds Hause
Eilt er, ganz vom Glück berauscht,
Singt und träumt vom besten Schmause,
Wenn der Schuh um Gold vertauscht.

Aber kaum den Schuh ersehen,
Führt der Goldschmied rauen Ton,
Und zum Richter wird mit Schmähen
Wild geschleppt des Liedes Sohn.

Bald ist der Prozess geschlichtet,
Allen ist es offenbar,
Dass das Wunder nur erdichtet.
Er der frechste Räuber war.

　　Weh, du armer Sohn der Lieder,
Sangest wohl den letzten Sang!
An dem Galgen auf und nieder
Sollst, ein Vogel, fliegen bang.

　　Hell ein Glöcklein hört man schallen,
Und man sieht den schwarzen Zug
Mit dir zu der Stätte wallen,
Wo beginnen soll dein Flug.

　　Bußgesänge hört man singen,
Nonnen und der Mönche Chor:
Aber hell auch hört man dringen
Geigentöne draus hervor.

　　Seine Geige mitzuführen
War des Geigers letzte Bitt'.
»Wo so viele musizieren,
Musizier ich Geiger mit!«

　　An Cäcilias Kapelle
Jetzt der Zug vorüberkam,
Nach des offnen Kirchleins Schwelle
Geigt er recht in tiefem Gram.

　　Und wer kurz ihn noch gehasset,
Seufzt: »Das arme Geigerlein!«
»»Eins noch bitt ich« – singt er – »lasset
Mich zur Heil'gen noch hinein!««

　　Man gewährt ihm; vor dem Bilde
Geigt er abermals sein Leid,
Und er rührt die Himmlischmilde:
Horch! melodisch rauscht ihr Kleid!

Lächelnd bückt das Bild sich nieder
Aus der lebenlosen Ruh',
Wirft dem armen Sohn der Lieder
Hin den zweiten goldnen Schuh.

Voll Erstaunen steht die Menge,
Und es sieht nun jeder Christ,
Wie der Mann der Volksgesänge
Selbst der Heil'gen teuer ist.

Schön geschmückt mit Bändern, Kränzen,
Wohl gestärkt mit Geld und Wein
Führen sie zu Sang und Tänzen
In das Rathaus ihn hinein.

Alle Unbill wird vergessen,
Schön zum Fest erhellt das Haus,
Und der Geiger ist gesessen
Obenan beim lust'gen Schmaus.

Aber als sie voll vom Weine,
Nimmt er seine Schuh' zur Hand,
Wandert so im Mondenscheine
Lustig in ein andres Land.

Seitdem wird zu Gmünd empfangen
Liebreich jedes Geigerlein,
Kommt es noch so arm gegangen –
Und es muss getanzet sein.

Drum auch hört man geigen, singen,
Tanzen dort ohn' Unterlass,
Und wem alle Saiten springen.
Klingt noch mit dem leeren Glas.

Und wenn bald ringsum verhallen
Becherklingeln, Tanz und Sang,
Wird zu Gmünd noch immer schallen
Selbst aus Trümmern lust'ger Sang.

Die zwei ungleichen Brüder von Rauber

Einst stahl der Graf von Calw dem Herrn von Enzingen ein schönes Roß. Dieser aber schlich sich mit List in die Burg des Calwers, suchte sein Roß, setzte sich drauf und wollte eben zum Burgtor hinausreiten, als ihn der Graf von Calw gerade noch sah. Schleunigst blies er in sein Horn, was dem Torwart anzeigte, dass das Tor zu schließen sei. Der unerschrockene Enzinger aber trieb sein Roß auf die Mauersteige und schrie laut: »Roß wag's!« Damit sprengte er turmtief hinunter. Zwar blieb das Roß zerschmettert liegen; der Ritter aber entkam. Denn seine Knechte hatten außen mit einem andern Roß auf ihn gewartet. Von da an hieß man sein Geschlecht die Roßwager.

Der von Calw zerstörte nun die Burg des Roßwagers, sodass dieser fliehen und sich ein anderes Schloss bauen musste. Auf dem Hasenberg bei Stuttgart errichtete er eine trotzige Feste.

Seine Nachkommen waren schlimme Raubritter. Jeden, der in die Nähe der Burg kam, überfielen sie und nahmen ihm, was er hatte, mochte es viel oder wenig sein.

»Was schaust mich an,
Willst mit mir gan,
Pferd, Esel, Stier?
Wir han Quartier!«

Sollen sie gesagt haben. Wer es irgend richten konnte, machte einen großen Umweg um den Berg, daher derselbe »Haßdenberg« genannt wurde.

Als aber im Jahre 1287 Kaiser Rudolf von Habsburg die Raubnester in Schwaben zerstörte, da fiel auch die Burg der Rohwager.

Nun zogen sie nach Lenningen, wo gerade ein Edler von der Sulzburg seine beiden Burgen auf der Alb dem Verkaufe ausbot. Die Roßwager kauften sich die feste Burg, »Eck« genannt, und stellten dieselbe in kurzer Zeit quaderfest her.

Nicht lange dauerte ihr Wohnen auf ihrer neuen Besitzung, so zogen sie wieder auf den Raub aus, und alles war ihnen recht, was auf dem Rücken der Krämer, an den Lenden der Bauern oder auf Frachtwagen des Weges daher kam. Dabei litten gar viele der Umwohner und die Handel treibenden Städte Gmünd, Kirchheim, Nürtingen, Reutlingen, Blaubeuren, zuweilen auch Eßlingen. Etliche 50 Jahre duldeten die Städte diese Plage, weil sie nie die rechte Spur finden konnten, denn der schlaue Burgherr hatte seinen Rossen, worauf er mit seinen Genossen auf Freibeuterei ritt, die Hufeisen verkehrt aufgeschlagen, sodass, wo er hinritt, die Hufeisen sich zeigten, als ob sie hergeritten wären. Endlich erkundeten dies die Gmünder, überfielen das Raubnest, solange der Stegreifler mit seinem Tross abwesend war, brachen so viel sie konnten von den Mauern ab, nahmen auf Tragbahren mit, was sie konnten, dazu auch die Herrin nebst ihren zwei Knaben. Als der Burgherr heimkam, entsetzte ihn das Geschehene gar sehr. Er jagte den Gmündern nach, holte sie ein, wurde aber mit blutigem Kopfe heimgeschickt. Nach wenigen Wochen ritt er freundlich nach Gmünd, um sich ernsthaft dort niederzulassen und bei seiner Familie zu leben. Bald war er wohlgelitten daselbst, und unter dem Namen »Edler von Rauber« tat er der Stadt als Kriegsbauherr viele Dienste und starb in großem Ansehen. Sein Begräbnis ward ihm in der Johanniskirche der Stadt gegeben unter dem Männlein mit dem sogenannten »Zweifelsstrick«, welcher drei ineinander geschlungene Brezeln vorstellt.

Der eine seiner Söhne war rückenkrumm, zum Kriegsdienst untauglich, aber ein gelehrter Herr, der sehr jung an Jahren zum Stadtschreiber gemacht wurde und später zum Stadtrichter vorrückte. Der andere Sohn war ein kräftiger, stolzer Mann, dem der Stadtdienst nicht behagte und der in die Burg sich zurücksehnte, wo er als Kind gewesen war, um daselbst unabhängig zu leben. Er gab seinen Vorsatz der Stadt zu erkennen, die unter Vermittlung seines, Bruders ihm ein ansehnlich Abfindegeld zahlte, womit er stracks abreiste, nachdem er geschworen, Frieden halten zu wollen gegen Gmünd treulich und ohne Gefährde.

Vierundzwanzig Jahre später brachte man einen festen Mann mit bleichen Haaren gefangen nach Gmünd, den man im Schurwald als Räuber überwältigt hatte. Unter keinen Umständen verriet der Gefangene seinen Namen, und es wurde ihm am 6. des Erntemonats

1399 auf dem Marktplatz zu Gmünd die rechte Hand abgehauen und er hierauf »an den Schneller ob dem Rösslein« gehenkt. Nachdem er tot war und der Henker ihm seine Kleider abnahm, fand sich sein Name rot geätzt auf dem rechten Arm, wodurch es klar wurde, dass er ein Roßwager war, und dass sein eigener Bruder sein Richter gewesen, worüber sich dieser also entsetzte, dass er im nächsten Jahre an Maria Himmelfahrt starb. Mit ihm erlosch die Familie der Roßwager, was noch zu Anfang des vorigen Jahrhunderts auf einem Votivstein der Dominikanerkirche, wo jetzt ein Roßstall ist, zu sehen war. Den Stein zierte oben ein Wappen, das einen Reiter vorstellte, welcher über eine hohe Mauer herabsprang, unten lag ein nackter Mann, der verschiedenen Ritterschmuck um sich Herliegen hatte und mit hochgeschwungenem Arme eine Tafel zerschlug.

Dazwischen stand:

Hier fand Herr Enzing lobereich
Nach Mühen Todeslager!
Schwach war sein Körper, stark sein Geist,
Der Letztspross der Roßwager.
Ihm war die Schickung zubestimmt
Dem Bruder abzukünden
Das Leben, das Peinrecht verwirkt
Er hat mit Raubessünden.
Darob grämte der Edelmann
Sich also ab hienieden,
dass er nach dem in einem Jahr
Sein Haupt geneigt zum Frieden.
Obgleich sein Nam' hier allweg hieß:
Hans Anton Max von Rauber,
So war er unterm Brusttuch doch
Von jedem Unrecht sauber.
Deshalb han ihm dies Mal erricht't
Frei Gmündens lobsam Städter,
Und dies hat ihm sein Freund erdicht't
Mönch Xaver Hamerstädter

Ums vierzehnhunderteste Jahr,
Da eben es just Blustmond war.

Der Spion von Aalen.

Wer die Stadt Aalen besucht, dem zeigt man gewiss auch auf dem Rathaus den Spion, das Wahrzeichen von Aalen.

Mit diesem Spion aber hat es folgende Bewandtnis: Als Aalen noch zu den freien Reichsstädten gehörte, war der Kaiser einst über die Bürger sehr erzürnt, weil sie es gewagt hatten, seinen Befehlen zu trotzen. Er zog mit einem Heer herbei, um sie zu bestrafen. Schon stand er bei Gmünd, wo er sein Lager aufschlug. Die Bürger von Aalen waren darüber sehr erschrocken: Denn die Stadt war damals noch klein und die Mauer nicht im besten Zustande. Man hielt Rat, was zu tun sei, und kam auf den Einfall, einen Mann auszuschicken, der das Lager und die Stärke des kaiserlichen Heeres auskundschaften sollte. Die einstimmige Wahl fiel auf einen Bürger, der in der Stadt allgemein als der Schlaueste und Pfiffigste galt. Dieser gab auch die Versicherung, dass er seine Aufgabe gut und gewissenhaft ausführen wolle, und machte sich auf den Weg. Beim feindlichen Lager angekommen, besann er sich nicht lange, sondern ging mutig in dasselbe hinein. Als er den Kaiser inmitten seiner Ritter erblickte, zog er ehrerbietig seinen Hut und sagte treuherzig: »Grüß Gott, ihr Herra!« Der Kaiser konnte sich nicht entsinnen, wo er den Mann schon einmal gesehen hatte. Er fragte ihn, wer er sei und woher er komme? Gewichtig erwiderte dieser: »Ich bin der Spion von Aalen und möchte nur ein wenig das Lager auskundschaften!« Der Kaiser und sein Gefolge wollten sich über diese Antwort vor Lachen ausschütten. Aber weil er ein Freund von Scherz und Kurzweil war, so behandelte er den Spion aufs Freundlichste und führte ihn durch die Gassen des Lagers. Das heitere Erlebnis hatte seinen Grimm verjagt. Er beschenkte den Spion reichlich und gab ihm einen Brief an seine Mitbürger mit, in welchem geschrieben stand, dass er mit solch tapfern und klugen Leuten gerne im Frieden lebe und er der Stadt verzeihen wolle.

Darüber war in Aalen große Freude, und der Spion wurde von seinen Mitbürgern hochgeehrt. Aus Dankbarkeit wurde ihm sogar ein Denkmal gesetzt: er wurde an der Rathausuhr leibhaftig abgebildet, wo er mit dem Perpendikel seinen Kopf hin- und herdrehte und Gesichter schnitt.

Als zu Anfang des vorigen Jahrhunderts der französische Kaiser Napoleon auf Ulm zog, kam er auch durch Aalen. Eine gravierte Fensterscheibe im Gasthof zur Post, wo er logierte, erinnert noch an diesen Aufenthalt. Denn als es einmal einen Auflauf auf der Straße gab, wollte Napoleon rasch das Fenster öffnen und drückte dabei eine Fensterscheibe ein, die nun durch die eben genannte ersetzt wurde. Vor dem Abmarsch hielt der Kaiser auf dem Marktplatz eine Parade über seine Garde ab. Da brachen auf einmal die Soldaten in ein gewaltiges Lachen aus, denn sie sahen das possierliche Männchen an der Rathausuhr. Napoleon selbst musste lachen, als man ihm den Gegenstand der allgemeinen Heiterkeit zeigte und die Geschichte dazu erzählte.

Nach Meier v. R.

Die Raubritter auf dem Rosenstein.

Am Fuße des Aalbuchs, nicht weit entfernt vom Ursprung der Rems, liegt das Städtchen Heubach. Nach der Meinung eines alten Chronisten ist es schon eine Stadt gewesen, als Ulm noch ein Dorf, Gmünd ein Zollhaus und Stuttgart eine Stutenhütte war. Von den hohen, waldigen Bergen, welche das Städtlein auf drei Seiten umschließen, ist der östliche, der Rosenstein, der schönste und merkwürdigste; denn des Berges Haupt bildet ein mächtiger Felsblock von gelblich grauer Farbe, und als Krone trägt er die Mauerreste einer längst gebrochenen Ritterburg. Die ungewöhnliche Größe des Felsens hat wohl die Veranlassung gegeben, den ganzen Berg den »großen Stein« oder den Rosenstein zu nennen.

Wer die Burg auf dem Stein erbaut hat, weiß niemand zu sagen. Ihre Anlage aber bezeugt, dass der Erbauer ein findiger Kopf, ein

Mann von kühnem Mut und eisernem Willen gewesen ist; er hätte sonst nicht den Gedanken fassen und ausführen können, sein Haus, einem Adler gleich, auf diesen Felsen zu stellen! Denn auf drei Seiten stürzt der Fels senkrecht und schwindelnd hoch zum Bergwald ab, während ihn auf der vierten, hinteren Seite eine Felskluft vom übrigen Gebirge trennt. Diese natürliche Unzugänglichkeit wusste der Erbauer aber noch durch tiefe Gräben, hohe Mauern und feste Türme künstlich zu steigern, sodass die Burg nicht nur unbesteigbar, sondern auch für menschliche Kraft uneinnehmbar wurde. Eine Zugbrücke, die, in starken Ketten hängend, sich über die gähnende Felsenkluft legte, war der einzige Ein- und Ausgang der Burg.

Von den Bewohnern dieses Felsennestes weiß die Geschichte nichts zu berichten und die Sage nichts Gutes zu erzählen. Sie sollen zur Zeit, als das schwäbische Kaiserhaus der Hohenstaufen zu Ende ging, ein wildes und trotziges Rittergeschlecht gewesen sein und kein anderes Recht über sich anerkannt haben als das des Stärkeren. Wie so viele ihrer edeln Genossen huldigten sie dem Grundsatz: »Reiten und Rauben ist keine Schande, das tun die besten im Lande.« Wo die uralte Heerstraße durchs Tal der Rems zieht, lagen sie oft Tag und Nacht mit Knecht und Roß auf der Lauer, um die nichts ahnenden Kaufleute zu überfallen und auszurauben.

Die Beute brachten sie auf die sichere Burg. In den Höhlen und Klüften ihres Felsens sollen sie der Sage nach die Waren geborgen haben, während sie die Gefangenen ins Burgverlies hinabwarfen, bis das Lösegeld erlegt war, das sie von ihnen zu erpressen wussten. Auch die Landleute der Umgegend hatten viel von ihnen zu erdulden. Auf ihren Raubzügen nahmen sie ihnen das Vieh von der Weide oder aus dem Stalle weg, mähten die Frucht ab und steckten ihnen wohl noch, wenn sie sich wehren wollten, das Haus über dem Kopf in Brand. Jammernd und händeringend musste der Bauer die Früchte seines Schweißes den Räubern überlassen, denn bei den traurigen Zuständen in Land und Reich war an Schutz und Hilfe nicht zu denken.

Doch der Krug geht so lange zum Brunnen, bis er zerbricht. Nach langer kaiserloser Zeit wurde Graf Rudolf von Habsburg zum deutschen Kaiser gewählt. Ihm war es eine ernste Sorge, dem Raubritterunwesen ein Ende zu machen. Von Burg zu Burg zog er; die Raubnester wurden eingenommen und die Räuber aufgehängt.

Der Ritter vom Rosenstein erhielt auch Kunde von dieser Wendung der Dinge. Aber das Reiten und Rauben war ihm so ins Blut übergegangen, dass er es nicht mehr lassen konnte. Er vertraute auf seine Burg, in der er sich bergen konnte, und fluchte auf Gott und die heiligen, die es nach seiner Meinung nicht hätten zulassen sollen, dass der neue König einem edeln Rittersmann nach Brot und Leben stehe.

Nun geschah es, dass er eines Tages wieder auf Raub ausgezogen war und mit seiner wilden Knechteschar an der Kapelle des nahen Beiswangs vorbeikam. Dieses Kirchlein war in der ganzen Umgegend berühmt durch ein wundertätiges Marienbild. Von nah und fern besuchten es Andächtige und beschenkten es mit Weihgaben. Der Rosensteiner fühlte keine fromme Regung in seinem wilden Herzen. Voll Wut über den misslungenen Fang, über den Kaiser, über Gott und die Heiligen befahl er den Knechten, das Kirchlein auszuplündern. Mit teuflischer Freude erfüllten die rohen Gesellen den frevelhaften Auftrag. Sogar das Glöcklein wurde vom Turme herangeholt und mitgenommen. Aber als sie auf dem Heimweg zur Burg waren, überraschte die Bösewichte ein schreckliches Gewitter. Flammende Blitze zuckten nieder, und die Erde erbebte von heftigen Donnerschlägen. Auf einmal hemmte jäher Schrecken den Reiterzug: die Burg auf dem Rosenstein stand in hellen Flammen und beleuchtete mit grellem Scheine weithin die dunkle Nacht. Mit wilder Wut spornten sie die Pferde an, um von dem Schloss und den Schätzen zu retten, was noch zu retten war. Als sie jedoch die Höhe erreichten, überkam sie neues Entsetzen: denn nicht nur die Burg war vom Blitz getroffen, sondern ein kaiserliches Kriegsheer hatte auch den Berg umstellt und die Insassen gefangen genommen. Von allen Seiten umringt, blieb den ermüdeten Räubern nichts anderes übrig, als sich zu ergeben. Sie wurden nach Recht und Brauch an die hohen Buchen des Waldes gehängt. Einer von den Rittern soll aber im Gedränge entwischt sein. Die Nacht, der dichte Wald und seine Kenntnis der verborgenen Felsenpfade begünstigten seine Flucht. Er soll, wie die Sage berichtet, auf langer Irrfahrt nach

Schweden gekommen und dort der Stammvater eines neuen Geschlechtes der Rosensteiner geworden sein.

Mündlich aus Heubach von Rommel-R.

Das Strafgericht auf Schallenlauh bei Laichingen.

Lassest du die Landstraße von Laichingen nach Blaubeuren zur Rechten liegen und betrittst du den Fußpfad nach Suppingen, so befindest du dich nach einviertelstündiger Wanderung auf einer mit vereinzelten stattlichen Buchen geschmückten, nach Süden sich abdachenden Schafhalde. Kann sich dein Auge infolge trüber Witterung nicht an dem mit zackigen Schneebergen umsäumten fernen Horizonte weiden, so sieh um dich. Da werden größere und kleinere Einsenkungen, welche die ganze Heide häufig unterbrechen, deine Aufmerksamkeit fesseln. Hättest du die alten, längst hingegangenen Leutchen, den gichtbrüchigen Sandgräber und seine Ehegesponsin Hannabine nach der Ursache dieser Erdlöcher gefragt, so würdest du folgende Geschichte zu hören bekommen haben:

»Als es noch keine Christen in der Gegend gab, lebte auf Schallenlauh ein steinreicher Heide. Er hatte soviel Geld, dass er seine Pferde aus silbernen Krippen fressen lassen konnte. Aber er fürchtete sich nicht vor Gott und scheute sich vor keinem Menschen. An einem Sommerabend stand ein heftiges Gewitter am Himmel. Blitz auf Blitz durchzuckte die Luft, die Erde erbebte von den klaffenden Donnerschlägen und Regenströme schössen hernieder. Ein Mann mit wallendem Silberbart pochte an die Pforte des Bauernhofes und bat um Obdach. Aber dem Fremdling ward keine gastliche Aufnahme zuteil. Mit rohen Worten trieb ihn der Bauer vom Hause fort ins schauerliche Wetter hinein. Der Alte erhob drohend seine Rechte, und schreckliche Worte der Verwünschung vermischten sich mit dem Donnerlaut des Himmels. Und siehe! Ein Jahr nachher, an demselben Tage und zur selben Stunde erdröhnten Himmel und Erde. Die Erde tat ihren Mund auf und verschlang den hartherzigen Heiden samt all seiner Habe. Die Erdlöcher aber blieben als beständige Mahner zur Barmherzigkeit.« Das alte Sandmännchen fand einmal in einem Sandschacht eine versteinerte Ente, und zu gewissen Zeiten hörte er tief unter sich einen Hahn krähen.

Gottlob Hummel.

Der Edelmann von Lohr.

Unweit der Stadt Crailsheim ragt aus dem Talgrund zur rechten Hand der Jagst ein Bergrücken auf. Der ist so stattlich und breit, dass es wohl wahr sein kann, was die Alten von ihm sagen: Auf diesem Bergrücken soll ehedem ein gar trutziglich Schloss gestanden sein, und in diesem Schloss soll das edle Geschlecht der Herren von Lohr oder Lare (Wohnsitz) gehaust haben. Sie waren weit und breit bekannt im Frankenland, die Herren v. Lohr, und zu ihrer wettergrauen Feste sah zwei und drei Jahrhunderte vor und nach dem Jahr ein tausend unserer Zeitrechnung im Jagstgau ein arbeitend Bauernvolk in scheuer Furcht und bangem Hoffen auf, gewärtig der Befehle, die von droben kamen. Und manch ein Ritter auch, der sonst vor Bauersleuten stolz das Haupt erhub, beugte vor den Herren v. Lohr den Nacken, lebte er doch als Dienstmann von deren Gnad' und Gunst. Und so mag's gekommen sein, dass in diesem herrschgewohnten Geschlecht allmählich hochfahrender Sinn und ungezügelte Rücksichtslosigkeit sich vom Vater auf den Sohn und vom Ahn zum Kindeskind vererbten.

Und einer der Lohrer Edelleute war gar ein grimmer Mann. Der war Gott und aller Welt feind, und die Leute sagten das Wahrwort über ihn: Der mag sich selber nicht.

Dieser Finsterling hatte als einziges Kind einen Sohn, und dieser Sohn war in allem und jedem Stück das Ebenbild seiner heimgegangenen Mutter und in allem und jedem Stück das Gegenteil von seinem Vater. Er war, kurz gesagt, ein echter Edelmann, der Sohn, menschenfreundlich mit den Bauersleuten und ein Wohltäter der Armen. Dieser junge Edelmann jagte einst in den Waldbergen um Lohr, und wie es nur so gehen soll: in den Forsten ob dem Dörfchen Westgartshausen trifft er ein Mädchen an. Ihr Bild berückt sein Herz und alsogleich flammt heiße Liebe auf im jungen Edelmann. Hoch und teuer verschwört er sich, diese liebliche Menschenblüte als sein Ehegespons heimzuführen und keine andere.

Aber da setzt's harte Kämpfe. Fürs erste: das Mädchen will nicht; an Edelmannsschwüre glauben, scheint ihr Torheit zu sein. Zudem sei sie eines Bauern Kind und für einen Edeling somit zu niederen Standes. Doch der Edeljüngling bat und bat und endlich nach vielem Ungestüm erhielt er denn auch des Mädchens Jawort. Alsofort tritt er vor seinen Vater, diesem seine Liebe offenbarend. Doch da kam er übel an. »Was!« rief der Lohrer Edelmann wutschnaubend, »unsern altedeln Stamm willst du schänden durch eine Bauerndirne!

Warte, mein Junge, ich will dir die Suppe, die du dir eingebrockt, gründlich verekeln.« Sprach's und ritt spornstreichs aus dem Burghof. Aber nicht allein. Er hatte nämlich einen Knecht, der alte Edelmann, einen zwerghaften, verschmitzten Burschen, von dem mit Recht die Rede ging: je krümmer je schlimmer! Dieser Knirps war seit je mit seinem Herrn, dem alten Edelmann, auf gut und bösen Wegen gegangen. So auch heute. In scharfem Ritt jagten die beiden geradeswegs gen Westgartshausen. Die Liebste seines Sohnes wollt' er aufheben, der Lohrer. Doch die ist nicht daheim, ist draußen im Feld tätig. Das weiß der *junge* Edelmann und reitet, dieweil er sich von seinem Vater keines Guten versieht, raschestens hin zu seiner Liebsten aufs Feld. Es gelingt ihm, sie zu überreden. Er setzt sie auf sein Roß und will, so gut es geht, querfeldein in jagender Eile gen Jagstheim reiten. Denn dort ist ihm ein Bauernhof zu eigen, und dort will er sich mit seiner Liebsten niederlassen, dort sie freien.

Es war ein Abend im Hochsommer. Die Mondsichel steigt herauf am nachtblauen Himmel. Der junge Edelmann reitet und reitet durch den schweigenden Abend, sein Liebchen im Arm. Der alte Edelmann, der mittlerweile den Aufenthalt des Bauernmädchens erfragt hat, reitet mitsamt dem Knirps hinter ihm drein wie das siedende Unwetter, und in der Höhe vom Dorf Ingersheim, mitten im blachen Feld, ereilt der Vater den Sohn. »Lass die Bauerndirne!« schreit der Alte und zückt sein Schwert, um es dem Mädchen in die Brust zu stoßen. In diesem Augenblick reißt jedoch der Sohn sein Pferd herum, und des Vaters Stahl dringt nun ins Herz des eigenen Sohns. Lautlos sinkt dieser vom Gaule.

Da springt zähnefletschend wie ein wildes Tier der teuflische Knirps herbei und stößt dem Mädchen die Klinge in die Brust. Hochauf spritzt der Blutstrahl. »Nun habt Ihr uns doch vermählt, durch den Tod, Herr Edelmann,« sagt das Bauernkind, schlingt die Arme um den Liebsten, presst die Lippen auf die Seinigen und stirbt.

So noch von Sterbenden verhöhnt zu werden, das fachte den Zorn des Lohrer Edelherrn aufs Ärgste an. Er sann und sann und brütete, und noch in selbiger Nacht hub er zwei Gräber aus, und in jedes derselben warf er ein Totes, 's war des Lohrers eigener Grund und Boden, wo die beiden starben und begraben wurden, und so war einige Sicherheit gegeben, dass niemand die Untat erfahren würde. Bis am Morgen die Sterne erbleichten und Tageshelle sich im Osten zeigte, solange schaufelten der Edelmann und der verzwergte Knecht und wurden fertig.

Aber auch im Tode sollte der Unterschied des Standes der Liebenden aufrecht erhalten werden, und drum pflanzte der Lohrer Edelmann zu Häupten desjenigen Grabes, in dem sein Sohn lag, eine Eiche; ein Stoß von Efeukränzen, Schild und Wappenbanner, Speer und Harnisch wurden eingegraben; die Ruhestätte des armen Bauernmadchens aber sollte wüste und öde liegen.

Nun ging eine kurze Zeit um, und was in Nacht verborgen war, die Sonne macht' es offenbar. Die Bluttat des Edelmanns ward ruchbar. Ein dumpfes Murren und Grollen ging im Jagsttal durchs Bauernvolk: von Mund zu Munde raunte man das Schreckliche, das geschehen sein sollte, aber etwas Gewisses wusste niemand. Aber am nächsten Gautag sollte der Edelmann beim Ting zu Altenmünster vor allem Volk gefragt werden, was er von dem vermissten Westgartshäuser Bauernmädchen wisse. Aber da fand vorher noch ein Bauersmann von ungefähr die beiden Gräber im Blachland, und jetzt war es allen offenbar, welches Todes die Vermisste verblichen. Flüche über den Lohrer Edelmann stiegen auf, und in verzweifelter Wehklage hoben die betagten Eltern des gemordeten Mädchens ihre Arme auf zum Rächer des Unrechts. Über Nacht schmückten viele teilnehmende Menschen das Grab des Bauernmädchens mit Blumen und Gewinden. Darob geriet nun der Edelmann in namenlose Wut. Er schwur, jeden Bauern spießen zu lassen, der zur Tages- oder zur Nachtzeit bei den Gräbern angetroffen würde; in seinem Gelände hätte niemand etwas zu suchen. Ja, er beschloss, die »Bauerndirne«, wie er sagte, ausgraben zu lassen und ihren Leichnam den Vögeln des Himmels auszusetzen.

Gesagt, getan. In einer mondhellen Julinacht ging er, seines Stolzes vergessend, mit seinem verzwergten Knecht und einigen anderen selbst ans Werk. Doch da geschah ein Seltsames. Inwährend die Knechte zum Spaten griffen und der Edelmann die Anordnungen zur Ausgrabung der Leiche traf, überzog sich urplötzlich der Himmel mit dräuendem Gewölk. Das war da, als war' es hergeblasen worden. Die Blitze loheten und Donner grollten grausig obenher, und das klang wie das gewaltige Zürnen grimmer himmlischer Stimmen. In Lüften ging ein tosend Branden und Brausen, als führe das wilde Heer daher. Die Knechte wollten davongehen. Doch da schlug der Edelmann mit eigener Hand den Spaten in das Grab des Mädchens. Im selben Augenblick ein blendender Strahl. Blitz und Donnerschlag fielen zusammen, und am Boden lagen zwei zuckende Menschenleiber: Der Edelmann und der Zwerg, sie waren vom Donnerwetter erschlagen, indes die andern mit dem Schrecken davonkamen. Der obere Richter hatte, ehvor das Ting zusammenkam, sein Urteil gefällt: der letzte Lohrer wurde von Gott getötet, und wer von Gott geschlagen ist, der steht nimmer auf.

Die Schleusen des Himmels taten sich auf und unendlicher Regen goss herab. Von den Hängen und Lehnen stürzten die Wasser daher, und die Bäche und die Flüsse schwollen, und von den jagenden Fluten wurden die Leiber der beiden erschlagenen Unholde davongetragen – wohin, das hat kein Sterblicher jemals erfahren. Nur das Gewaffen des Edelmanns hat man hernachmals noch gefunden.

Und seit jener Zeit sieht man oft in finstern Nächten den Lohrer Edelmann auf schnaubendem Roß und in Begleitung von schwarzen Hunden ruhelos vom Ort der beiden Gräber bis gen

Westgartshausen jagen und wieder zurück. Und auch der Zwerg geht als schwarze Gestalt unselig zwischen Lohr und den Gräbern einher, bald im einsamen Ackergelände, bald aber taucht er neben dem friedlich auf der Landstraße daherziehenden Wanderer auf und begleitet ihn ein Stück Wegs. Dann neckt und schreckt der Stummel die Leute, und insbesondere den Jungfrauen ist er abhold.

Und im Gedenken an diese Geschichte vom Lohrer Edelmann und vom Westgartshauser Bauernmädchen sagten ehedem die Bauern in der Gegend bei einem dem Stand nach ungleichen Paar, das sich heiraten wollte, das Wort: »Paar und Unpaar taugt nicht. Und wenn's der Edelmann noch so treulich gemeint, und wenn er auch seine Treue mit seinem Herzblut besiegelt hat, – was nicht sein soll, kommt nicht z'samm'. Alles Ding hat seine Weis', auch die Lieb' und d' Heirat!« Und wer es nicht glaubt, dem erzählt man hierzuland die Geschichte *des Edelmannes von Lohr*.

C. Schnerring-Crailsheim. Nach mündlichen Berichten.

Der Marienbrunnen auf dem Burgberg bei Crailsheim.

Unweit der Stadt Crailsheim ragt der schönste Aussichtspunkt des Frankenlandes auf, der Burgberg, auch »fränkischer Rigi« genannt, hier stund auf Bergeshöhe einst ein Kirchlein, der Gottesmutter Maria geweiht. Wie das erbauet worden, erzählt die Sage. Es war ein heißer Tag im Sommer des Jahres 1441. Ein Hirte weidete seine Herde auf dem einsamen Bergkopf des Burgbergs. Da ihn seine Augen schmerzten, legte er sich in den Schatten einer mächtigen Zwieselbuche und versank in Schlummer. Da hatte er einen lieblichen Traum. Er sah einen Engel vom Himmel herniederschweben. Der trat an eine Gabelung der Zwieselbuche und siehe, dort schöpfte er Wasser. Mit diesem benetzte er die kranken Lider des Hirten, also dass sie sofort gesundeten. Und zum Hirten sprach der Bote Gottes: »Gehe hinab den Berg und suche dir Steine. Fülle damit dreimal deine Hirtentasche und trage sie zu dieser Stelle. Dann hebe alsobald an, eine Kirche zu bauen, denn Gott der Herr will geehrt sein auf der Zinne dieses Berges.« Damit verschwand die seltsame Erscheinung und der Hirte erwachte. Aber die Worte des Engels bewegten sein Herz, und er tat wie ihm befohlen, ging und holete drei Taschen voll Steine. Darnach zog er aus, Maurer und Zimmerleute zu dingen. Doch als die Werkleute das winzige Häuflein kleiner Steine erblickten, wollten sie im Unmut über den Hirten herfallen, vermeinend, er habe sie zum besten halten wollen. Aber während sie sich herumstritten, waren die Steinchen zu großen Steinen und Quadern geworden, und überwältigt von diesem Wunder des Herrn bauten Maurer und Zimmerer unentgeltlich ein stattlich Kirchlein auf Bergeshöhe mitten im tiefen Burgbergwald. Und alsobald kamen der frommen Waller viele von weit und breit und die wundertätigen Wasser aus der gezwieselten Buche sollen manchem Augenkranken Heilung verschafft haben, und viele seien mit Loben und Wanken heimgezogen von der Marienkapelle auf dem Burgberg.

C. Schnerring-Crailsheim.

Der wilde Rechenberger

Der Wanderer, der auf der Bahnstrecke Aalen-Crailsheim in Station Stimpfach aussteigt, um die aussichtsreichen Kuppen der Ellwanger Berge zu besuchen, kommt nach einstündigem, genussreichem Marsch durch schattendämmernden Hochwald hinauf zu dem Dörflein Rechenberg.

Malerisch liegt es da, rings umgeben von lockendem Forst, und aus tief gegrabenem Waldtale blinkt das klare Auge eines prächtigen Bergsees von stattlicher Ausdehnung träumerisch herauf zu den Häusern des Dorfes. Jäh über den glitzernden Wassern des Sees ragt noch heutigen Tags ein festes Schloss auf; Turm und Kemenate spiegeln sich in der kristallenen Flut, aus deren Tiefen zu geruhsamen Stunden ein Raunen und Flüstern kommt, gleich als stiegen viele Geister auf aus ihren unterirdischen Kammern, den Nachgeborenen erzählend von der Vorvordern Tun und Treiben, Leben und Streben, Ringen und Sterben. Und von *einem* wissen sie besonders viel zu sagen: von einem Ritter Wilhelm, der ehedem zu Rechenberg in der Burg saß. Der war ein gar rücksichtsloser Herr, und männiglich nannte ihn weitum im Frankenland eben nicht anders als den »wilden Rechenberger«. Als der noch ein Junker war, reiste er einst mit seinen Knechten einem fremden Herrn zum Willkomm entgegen. In einer Feldkapelle nächtigte er. Da er nun des Morgens weiter ritt, ließ er seine Handschuhe in der Kapelle liegen. Er schickte deshalb einen Diener zurück; der sollte das Vergessene holen.

Der Reitknecht kam zurück so bleich:
»Die Handschuh' hole der Teufel Euch!
Es sitzt ein Geist auf der Bahre;
Es starren mir noch die Haare.

    Er hat die Handschuh' angetan
Und schaut sie mit feurigen Augen an,
Er streicht sie wohl auf und nieder;
Es beben mir noch die Glieder.«

    Da ritt der Junker zurück im Flug;
Er mit dem Geiste sich tapfer schlug,
Er hat den Geist bezwungen,
Seine Handschuh' wieder errungen.

    Da sprach der Geist mit wilder Gier:
»Und lässt du sie nicht zu eigen mir,
So leihe mir auf ein Jährlein
Das schmucke, schmeidige Pärlein!«

    »Ein Jährlein ich sie dir gerne leih',
So kann ich erproben des Teufels Treu':
Sie werden wohl nicht zerplatzen
An deinen dürren Tatzen.«

Doch wehe dem, der den Teufel einmal schwach gesehen. Das sollte auch der Rechenberger erfahren. Er ritt bald darnach, wie er oft zu tun pflegte, spät in der Nacht von Hall heim nach Rechenberg. In Hall hatte er mit dem Kecken, dem Honhardter, dem Hellmannshofer, dem Rappenburger und dem Schenken von Limpurg beim Wein lange gezecht. Als er nun in den Wäldern um Bühlertann war, siehe da erhub sich mit einem Male in den Lüften ein Brausen und Sieden, ein Heulen und Stöhnen und Wimmern, als ob alle Unholde der Unterwelt losgelassen wären: das Muotisheer zog durch die Wälder, und ehe sich's der Rechenberger versah, war er von seinen Genossen abgesprengt. Die wilde Jagd aber verfolgte ihn, der sein Heil in der Flucht suchte, unaufhörlich. Und als er sie nun endlich, außer Stande weiterzustürmen, an sich vorüberziehen ließ, da sah er am Schluss des wilden Heeres einen schwarzen Reiter im grünen Sammetwams. Der führte ein lediges Pferd am Halfterband. Da nahm sich der Rechenberger ein Herz und fragte, wem das Roß gehöre. »Ei,« lautete die Antwort des Schwarzen, »das ist einem gewissen Wilhelm von Rechenberg, dem Wilden, aufbehalten. Der wird über ein Jahr zur nämlichen Stunde, auf eben diesem Roß zur Hölle reiten.«

Darob erschrak der Rechenberger gar sehr und ging alsobald in sich. Er bestellte seinen Haushalt und ritt schnurstracks ins Kloster des hl. Veit nach Ellwangen. Dort fand er offene Arme und dies umsomehr, als er nicht mit leeren Taschen kam: all sein Hab und Gut vermachte er dem Kloster um seines Seelenheiles willen, und er selbst diente dem hl. Veit als Marschall oder Stallmeister. Aber nicht lange, denn:

Am Tag, da selbiges Jahr sich schloss.
Da kaufte der Abt ein schwarz wild Roß;
Rechberger sollt' es zäumen,
Doch es tat sich stellen und bäumen.

Es schlug den Junker mitten aufs Herz,
Dass er sank in bitterem Todesschmerz.
Es ist im Walde verschwunden.
Man hat's nicht wieder gefunden.

Um Mitternacht, an Junkers Grab,
Da stieg ein schwarzer Reitknecht ab,
Einem Rappen hält er die Stangen:
Reithandschuh' am Sattel hangen.

Rechberger stieg aus dem Grab herauf,
Er nahm die Handschuh' vom Sattelknauf,

Er schwang sich in des Sattels Mitte;
Der Grabstein diente zum Tritte.

Das schwarze Roß trug den Rechenberger zur Hölle. Nun reitet er mit im Zuge der Geister im Muotisheer.

Mündlich und nach L. Uhland von C. Schneiling.